そらの祈りは旦那さま

野原　滋

幻冬舎ルチル文庫

CONTENTS ✦目次✦

そらの祈りは旦那さま

✦カバーデザイン= chiaki-k(コガモデザイン)
✦ブックデザイン=まるか工房

イラスト・サマミヤアカザ✦

そらの祈りは旦那さま

蠟燭《ろうそく》に照らされた室内は、厳《おごそ》かではあるが、どことなく和やかな空気が漂っていた。

部屋の中央奥に座り、衆目を集めているのは、つい先ほど元服の儀を終えたばかりの次郎《じろう》丸《まる》だ。

「次郎丸改め、三雲貞虎《みくもさだとら》の名を頂戴しました。今後ともよろしゅうお頼み申し上げる」

堂々と挨拶の口上を述べ、頭を下げる。烏帽子《えぼし》の下にある眉は凜々《りり》しく、決意を灯《とも》した目の光が強い。

隼瀬浦《はやせうら》の正式な次期当主としてのお披露目である。

そんな貞虎の姿を、空良《そら》は万感の思いで見守っていた。空良のすぐ横では魁傑《かいけつ》が洟《はな》を啜《すす》る気配がする。貞虎の脇に控える阪木《さかき》などは、涙を堪《こら》えきれないとばかりに唇を噛《か》みしめ固く目を閉じていた。

次郎丸だった頃の貞虎が最後に日向埼《ひゅうがさき》を訪れたのは、一年と二月前のことだった。あの頃は空良とほぼ同じ背丈だったが、今はもうすっかり追い越されている。この先もぐんぐんと伸び、見上げるほどの体軀《たいく》となるのだろう。涼しげな眼差《まなざ》しは、貞虎の兄であり、空良の夫である高虎《たかとら》とよく似ていた。

未《いま》だ少年の名残《なごり》のあるふっくらとした輪郭《りんかく》にほんの少しの安堵《あんど》を覚える。大人になった姿を喜びながら、幼いままでいてほしいという願望もあり、そんな理不尽な我が儘《わがまま》に、空良は苦笑してしまう。

貞虎のすぐ横には、隼瀬浦現当主の時貞《ときさだ》が座っていた。本日の主役である息子を誇らしげに眺めている。広間の両脇に並ぶ客側には、空良を筆頭に同盟国の者たちが並んでいた。隼瀬浦で預かっている孝之助《こうのすけ》の故郷、篠山《しのやま》からは、当主自らがはせ参じている。遠くからは『伏見の鬼瓦《ふしみのおにがわら》』の名で知られる岩浪《いわなみ》の名代《みょうだい》が、高虎の母方の領地である茂南沢《もなみさわ》の者も十数年振りにこの地へやってきた。その他にも近隣の領地や、戦を共にした国々の者たちが、本日のお披露目のために集まっている。

次期当主のお披露目は、当家にとって大切な行事だ。それにしてもそうそうたる顔ぶれが集まったものである。それだけここ隼瀬浦は、重要視されているのだ。

そのような盛大な催しのなか、空良も日向埼の当主の名代としてこの場にいた。可愛がっていた弟の晴れ姿を是非夫に見せてあげたかったが、日向埼は今、破竹の勢いで発展している途上であり、当主が国を留守にするわけにはいかなかった。その代わり、空良のお付きとして魁傑が派遣されている。高虎の腹心である魁傑は、当主の側《そば》を離れるわけにはいかないと固辞したのだが、国の宝である空良に万が一のことがあってはならぬと厳命され、空良と共に赴くことになったのだ。

大事な妻を、最も信頼する家臣に預けたいというその思惑は嘘ではないが、殊《こと》の外《ほか》次郎丸を可愛がっていた魁傑に、自分の代わりに祝ってほしいという思いもあるのだと思う。

堅苦しいお披露目の儀が終わり、これからは次郎丸改め貞虎の成人を祝う酒宴へと移っていった。

今日のために用意された料理と酒が振る舞われ、場が徐々に解《ほぐ》れていく。祝いの言葉と共に、あちこちから笑い声が上がっていた。

膳を運ばせる指示を出しているのは、当主の正室である貞虎の母親だ。病弱ゆえに表に出てくることはあまりないのだが、今日は一人息子の晴れの舞台ということで、奥を仕切っていたようだ。

以前お会いしたときには、張り詰めたような危うさを感じたが、貞虎の元服を済ませた今は、落ち着いた顔をしていた。

宴が進んでいくと、祝辞を受けていた貞虎が身軽に立ち回り、今は岩浪の名代に酒を注《つ》いでいる。今後の事業の相談事なのか、額《ひたい》を近づけた親しげな様子で話し合っていた。

岩浪とは去年貞虎が視察の旅で日向埼に赴いた折、造船の技術や流通先の確保など、様々な分野で教えを請い、貞虎本人の努力で親密な関係を築いていた。類《たぐ》い希《まれ》な利発さと、元来の朗らかな性質《せいしつ》を以《もっ》て、へりくだることなく相手の懐《ふところ》に入り込み、他領の重鎮に可愛がられている。高虎とはまた違う魅力を持つ、将来が楽しみな次期当主であった。

元服した貞虎は十五歳。来年には十六となり、空良が隼瀬浦にやってきたときと同じ年になる。空良もすでに二十一だ。あれから五年も経《た》ったのか。

他領の当主や名代たちと酌を交わしあっている貞虎を眺めながら、空良はここへやってきた当時のことを思い出していた。

あの頃の次郎丸は十歳になるかならないかの年頃で、顔つきも幼く、身体《からだ》も小さかった。辛辣《しんらつ》な言葉を吐くこともあるが、空良を気遣い、義弟として敬ってくれた。ここへ来た当初は心細い思いもした空良は、次郎丸の存在にどれほど助けられたことかと思う。

病弱な身体で周りに大袈裟《おおげさ》なほどに世話を焼かれ、一人前として扱われない境遇に癇癪《かんしゃく》を起こしていた。尊敬する兄と対等になりたいのだと、大粒の涙を零《こぼ》した顔が蘇《よみがえ》る。

そんな彼も、今は堂々たる青年へと変貌《へんぼう》を遂げた。

「空良殿、どうぞ一献」

感慨に耽《ふけ》っている空良を呼ぶ声に顔を上げると、徳利《とっくり》を掲げた貞虎がこちらを見ていた。

「本日はわざわざ遠いところからお越しいただき、ありがとう存じます」

響く声も以前より低く、それでいて柔らかい。勧められるまま盃《さかずき》を差し出し、こちらからも酌を返す。山を駆け回り、お握りを大きな口で頬張《ほおば》っていた少年と酒を酌《く》み交わしているのが不思議で、空良は思わず頬を綻《ほころ》ばせた。

「本日はおめでとうございます。次代の隼瀬浦も安泰ですね。領地の皆さまもさぞやお喜びのことでしょう。本日の装いもとてもよくお似合いで」

空良の祝いの言葉に、貞虎がはにかんだような笑みを浮かべた。その表情に幼子の頃の面影が重なり、不意に涙が浮かんでしまう。

「え……？　空良殿、どうされました？」

突然泣きだした空良に、貞虎が慌てて懐紙《かいし》を差し出してくる。ありがたく受け取って目を押さえた。

「申し訳ありません。昔のことを思い出してしまい……本当に、あの小さな次郎丸さまがご立派になられてと思ったら、堪えきれず」

祝いの席で涙を見せるなど不謹慎だと大慌てで涙を抑えようとしていると、すぐ側から盛大に洟を啜る音が聞こえてきた。貞虎の横に控えていた阪木が、滂沱《ぼうだ》の涙を流している。お披露目の初めからずっと我慢していたものが、空良の涙につられて決壊してしまったようだ。

「なんだ。阪木まで。ほれ、見苦しいぞ」

貞虎が呆《あき》れた声を上げるが、阪木はズビズビと洟を啜るだけで、言葉が出ない。

「まったく困ったものだ」

「阪木殿もあれこれ思い出し、感極まったのでしょう。貞虎殿のことでは、最もご苦労された御仁《ごじん》ゆえに。お気持ちお察し申す」

空良の隣にいる魁傑が、うんうんと頷きながら阪木を慰める。

「泣くほどか？」

「泣くほどですな」

「それほど苦労をかけた覚えはないのだがなあ」

「自覚がないというのも罪なものですな」

「なにをぅ？」

貞虎が片眉を上げ、途端に不穏な空気が流れた。阪木は自分で取りだした懐紙に顔を埋めており、おうおうと嗚咽《おえつ》まで漏らしている。

「号泣しておるぞ」

「それほどご苦労が多かったのでござろう」

「して、お主《ぬし》は泣かぬのか？　成人した我の姿に、お主も感極まるものがあるだろう。許す。泣いてよいぞ」

魁傑に酌をしつつ、貞虎がニヤニヤしている。

「いいや。泣くほどの思い入れもありませぬゆえに。ご遠慮いたす」

返杯をしながら魁傑が切り返し、貞虎が「可愛くないのう！」と顔を顰《しか》めた。

「某《それがし》にそのようなものを求めんでくだされ」

「先ほど我が口上を述べた折には泣いておったくせに」

「なっ！　泣いてなどおりませぬ！」

「洟を啜っておっただろう？　目を赤くして、スンスンしておったわ」

「あれは鼻の調子が悪かったのでござる」

「ほーーん？」

胡乱《うろん》げな眼差しを向け、「まあそういうことにしておこう」と、貞虎が笑った。

「まあ……お主にもいろいろ苦労をかけたからな」

「そうですな。だいぶ迷惑を被《こうむ》りました」

「迷惑ではなく、苦労と言うておろうが！　まったく、人が珍しく殊勝を装えば、調子に乗りおって」

「珍しすぎて、つい本音が出てしまいもうした」

「ぬぅ。相変わらず口が達者じゃな！」

「ありがとう存じます」

「褒めてないぞ」

酌を交わし合いながら、相変わらずの丁々発止《ちょうちょうはっし》に、これだけはずっと変わらないのだろうなと、二人のやり取りを笑顔で見守った。阪木も涙が引いたらしく、次に挨拶に回る先を、貞虎に促している。

「ではな。あまり飲みすぎるなよ」

「言われずとも。ああ、それとですな」

「なんじゃ？」

席を立ちかけた貞虎が、もう一戦かと勢いよく振り返る。

「本日は無事に元服の儀を終えられ、まことにおめでとう存じます。貞虎殿の今後のご活躍をおおいに期待しております。これからは互いに助力を請い、手を取り合って国を発展させていきましょう。『頼りにしている』と、我が殿からのご伝言にございます」

身を正した魁傑が、深々と頭を下げた。一瞬呆《ほう》けた貞虎の表情が、みるみるうちに崩れていく。崩壊を留《とど》めようと大きく息を吸い、きつく瞼《まぶた》を閉じた。それからゆっくりと目を開けた貞虎は、輝くような笑顔を作った。

「しかと承りました。今後ますます精進に励むことをお約束いたします。こちらも頼りにしていると、兄上にお伝えくださいませ」

貞虎が頭を下げる。勇ましい表情が頼もしく、それを見た阪木が再びむせび泣く。貞虎が呆れたように溜《た》め息《いき》を吐《つ》き、「泣きすぎじゃ」と阪木を叱《しか》った。

「それにしても、不意打ちじゃの。うっかり泣かされるところだった」

「狙いましたゆえ」

魁傑がニヤリと人の悪い笑みを浮かべ、貞虎が負けん気の強い眼差しでそれを睨《にら》む。

「この勝負、某の勝ちでござるな」

「何を言う。引き分けじゃ。いや、我は泣いてないゆえに、我の勝ちじゃ」

「某も泣いておりませぬ！」

「泣いておった！」

ここで再び言い争いが勃発し、今回の勝負は阪木の一人負けということに相成《あいな》った。

春の山は奥へ行くほど冬の気配を残し、吹き抜ける風がキンと冷たい。木漏れ日は弱く、新緑の匂《にお》いよりも土臭さのほうが勝っている。けれど、これが隼瀬浦の春の匂いだ。

貞虎の元服のお披露目から三日後。空良たちは城の裏の山道を歩いていた。祝いに訪れた他領の人々はすべて昨日のうちには辞しており、今は元々この地に住まう人と、あとは空良たちが残っているだけだ。

空良も明日には出立する予定で、その前に以前よくみんなで出掛けた山の大滝へ行こうとなり、こうして山道を歩いている。今時期の滝にはまだ行ったことがなかったので、とても楽しみにしている。

遠くでオオルリの歌声が響いていた。遅い春の訪れを喜んでいるようだ。それとも空良の久し振りの訪れを歓迎して歌ってくれるのか。生まれ故郷の伊久琵《いくび》でも、空良が真の故郷と思っている隼瀬浦でも、あの鳥はいつも空良の心を慰めてくれた。

「空良殿、もうすぐ川じゃ。そこで昼にするか？」

孝之助と共に先頭を歩いていた貞虎が振り返り、空良に聞いた。今日の道行きは貞虎と孝之助、空良に魁傑、あとは護衛と荷物持ちとしての家臣が三人いるだけだ。皆歩き慣れた道なので、遭難する心配もなく、のんびりと春の山を楽しんでいた。

「まだ昼にはちと早うござる。足などに懸念がないならば、川では少し休息をとるだけにして、一気に滝まで行ってみるのがよろしいかと」

魁傑の進言に貞虎が空良に視線を寄越した。

「わたしもそれでかまいません。まだまったく疲れておりませんし」

肉付きが薄く、虚弱に見えがちな空良だが、割合と体力があるのだ。以前魁傑が、山で遭難することがあれば、最後に生き残るのはきっと空良だと言っていた。たぶんそうだと自分でも思う。

「お二方は平気でしょうか」

普段から庭のように使っている裏山でも、元服の儀の準備で忙しい思いもしただろうと気遣ってみるが、その懸念は不要のようで、二人は笑顔で頷《うなず》いた。

「何度も通った山道だからな。川で休息をとらずとも滝まで行けるぞ」

それは頼もしいことだと空良も笑みを返す。

「川での休息はとりましょうぞ。張り切りすぎてあとで負ぶえと言われても、難儀でござるから」

「そんなことを言うはずがないだろう。我をいくつだと思うておるのじゃ」

「どうだか」

魁傑と貞虎のやり取りを聞き、そんなこともあったと、ここでの生活のことを思い出す。

疲れたと言われては負ぶい、足を挫《くじ》いては負ぶい、山菜とりに夢中になってはぐれた挙げ句に負ぶって走らされていた。山猿《やまざる》だヤモリだと罵《ののし》り合いながらこの道を登っていたのがつい最近のことのようだ。実際には空良がこの山に登るのは、三年振りのことである。最後にここを訪れたのは初夏に近い頃で、秋にまた行こうと約束したが、それは叶《かな》わなかった。

「そういえば、滝に遊山《ゆさん》へ行こうとした日に、ここを出ることが決まったんだった」

初めて戦に赴き、勝利して帰ってきた。今日のように皆で集まって出掛けようとしていたとき、日向埼へ出立すると聞かされたのだった。用意していた弁当を急遽屋敷の縁側で広げ、そこで皆でお祝いをした。

あのときは夫の出世を喜ぶよりも、ここを離れることへの不安と寂しさで取り乱し、皆に気を遣わせてしまった。いざ出立するという間際には、行きたくないと大泣きして、おおいに周りを困らせたものだ。

三年経った今日、滝への遊山の約束の半分が果たされた。けれどもう半分は未だ果たされない。何故《なぜ》ならここに、高虎がいないからだ。これからもそのような機会を持つのは難しいだろう。

当主は内政に忙しく、外回りの仕事は、今回のように空良が名代として担っている。高虎が領地外へ出向くときは、空良が日向埼に留まり、周りに指示を出さなければならない。夫婦で国外へ出掛ける機会は極端に減った。大きな戦でもあればまた違うのだろうが。

もちろん、だからといって戦になってほしいとは思わない。けれどほんの少しの未練が残った。今ここに、夫にいてほしかったと、詮《せん》ない願望を胸に秘め、相変わらずの貞虎と魁傑との掛け合いを楽しみながら、春の山道を登っていくのだった。

やがて川のせせらぎの音が大きくなり、いつも休息をとっていた河原に辿《たど》り着く。平らな岩を見つけ、各々が腰を下ろす。足を休めながら、河原の風景を楽しんだ。

「この辺りは変わりがないですね。懐かしいです」

日を遮っていた木々がなくなり、頭上には青々とした空が広がっていた。川風は冷たいが、歩いてきた身体にはほどよい。額に浮かんだ汗を拭き取り、冷たい水で喉を潤《うるお》す。山の小鳥たちが挨拶に来てくれた。三年振りでも、空良のことを覚えてくれていたらしい。

小鳥たちへのお土産《みやげ》用に持ってきていた穀物を手にのせ、上に掲げる。我先にと群がり、鳥たちが食事をしている。

「こらこら、順番だよ。たんと持ってきたから喧嘩《けんか》しないでお食べ」

肩にも頭にも乗ってきた鳥たちが、空良の上で喧嘩をしたり毛繕《けづくろ》いをしたりと騒がしい。

「相変わらず凄《すさ》まじいものですね。幾度も目にしましたが、いつ見ても凄い光景です」

孝之助が水の入った竹筒を手にしたまま、目を丸くしている。

一緒に見ていた貞虎も「本当じゃ」と頷き、それから指笛を吹いた。ピュイ、ピュイ、ピーと甲高《かんだか》い音が山に響くと、待つこともなく大きな影が飛来した。猛禽《もうきん》の襲来に、空良に留まっていた鳥たちが一斉《いっせい》に飛び立つ。

「ありゃ。怖がらせてしまった。追い払うつもりはなかったのだが」

梟《ふくろう》を肩に乗せた貞虎が、申し訳ないと言ってシュンとする。

「空良殿に、ふくの家族を紹介したかったのだ」

「ふくの家族！　会いたいです」

空良のはしゃいだ声に、貞虎がもう一度指を唇に当てた。今度はピュピュピュと、短く音を鳴らすと、ほどなくして川の向こう岸に、二羽の梟がやってきた。大小の影が、木の上からこちらをじっと見つめている。

「あっちの大きいほうが子なのじゃ。いつの間にか親より大きくなっておった。我が一人のときは側まで来るのだが、今日は人が多いのでな。それに初めての者もおるし」

警戒心を持ちつつ、こちらに興味もあるのか、木の上で忙《せわ》しなく首を動かしている姿が剽軽《ひょうきん》で可愛らしい。

「家族の皆と仲良くしているのですね。素晴らしいです」

「そうなのですよ。私の父上も驚いていました。躾《しつ》けられた鷹《たか》などではなく、野生の梟ですからね。貞虎様も、空良殿と同じ、立派な鳥使いです」

孝之助が我が事のように貞虎を自慢し、貞虎が「言いすぎじゃ」と、孝之助を睨んでいる。普段の仲の良さが垣間見《かいまみ》えて微笑《ほほえ》ましい。

「空良殿のようにはとてもとても。というより、あやつらは我を養っているつもりでいるようじゃぞ。しょっちゅう蛇《へび》やらトカゲやらの土産を持ってくる。突然頭の上に乗せられたりした日には、肝《きも》が冷えるぞ。なあ、ふくよ。土産はほどほどでいいと嫁に言ってくれ」

肩に乗ったままのふくに向かい、貞虎がお願いしている。ふくは分かったのか分からないのか、ギュルルルと独特の声を出し、首を回した。

小休憩を終え、滝に向かって再び歩き出した。ふくは空良の肩に留まったり、魁傑の髷《まげ》を突《つつ》いたりしながら、一緒についてきてくれた。二羽の親子もつかず離れず追い掛けてきて、ときどき先導するように前方で滑空したり、頭上高く飛び上がったりと、自在な動きを見せてくれた。

やがてゴウゴウという水音が聞こえてきて、辺りの空気が変わった。滝の生み出す霧の膜が辺りを大きく覆っている。雪解け水で嵩《かさ》を増した春の滝が、豪快な飛沫《しぶき》を上げ、空良たちを出迎えてくれた。

「……ん？　誰かおる。警戒せよ」

立ち上る水飛沫で視界が悪くなった向こう側に、薄《うっす》らと人の影が映り、貞虎が素早く空良たちの前に出た。「ふく」と名を呼ぶだけで、ふくが音もなく飛び上がり、人影のほうへと飛んでいく。

土地勘がある者なら来るのは容易《たやす》くても、山菜も木の実も採れないこんな場所にわざわざ来るのは不自然だ。

「孝之助は我の左へ。魁傑は空良殿から離れるな。他の者はいつものように前後で見張れ」

「承知」

日々剣術の訓練を欠かさず鍛えてきた貞虎は、護衛対象をはっきりと定め、素早く陣を敷いた。警戒態勢のなか、貞虎の命令で偵察に出掛けたふくが、奥にいる人影の頭上で旋回している。

「行け」

そして貞虎の号令を聞き、ふくが人影に向かって急降下した。「うわ」という声が聞こえ、慌てて腕で頭を庇《かば》っている姿が見えた。

「魁傑と他の者はそのまま。孝之助、行くぞ」

ふくの攻撃を見届けた貞虎が、腰に差した刀の柄《つか》を握ったまま飛び出した。人影は一つだが、別に潜んでいることも考え、まずは自分たちが目の前の人物に対峙《たいじ》することを選んだようだ。

「待て。ちょっと待て」

打ちつける滝の音に混じり、慌てたような男の声が聞こえた。

「……あの声は」

ゴウゴウという音にかき消されながら、僅《わず》かに聞こえてくる声は、確かに聞き覚えのあるもので、空良は思わず貞虎のあとを追い、ふくに攻撃されている人影を目指して駆け出した。

霧の中に突っ込むと、大きな体軀の男がふくと格闘していた。髪の毛を引っ張られ、髷を啄《ついば》まれている。猛禽の攻撃は、嘴《くちばし》も脅威だが、太く力強い足と鋭い爪が一番の武器だ。けれどふくは爪で攻撃せず、飛びながらツンツンと啄んでいる。恐らくは見知った人物なのだろう。襲われている男も、「やめろ。ふく！」とふくの名を呼んでいるのだから間違いない。

「旦那さま……」

「兄上」

声を上げたのは二人同時だった。霧の向こうにいるのは、空良の夫、そして貞虎の兄である高虎その人だった。

「どうされたのです？　え？　旦那さま、何故《なぜ》このようなところに」

「兄上。何をしているのです。領地はどうしたのですか？」

「高虎殿、やらかしましたな。まずはご説明を」

空良と貞虎と魁傑が同時に口を開き、ふくを頭の上に留まらせたままの高虎が、気弱な笑みを浮かべながら、こちらへ歩いてきた。

「このようなつもりではなかったのだが」

「どのようなつもりか知りませんが、まずはここにいることのご説明をお願いいたします」

日向埼で何か起こったのなら、まずは知らせを届けるのが定石で、当主本人が国を空けることはない。高虎が出られないから代わりに空良が出向いたのであり、ここにいるはずがないのだ。

本当は、霧の中の人影を認めたとき、高虎の気配を感じたのだ。けれど絶対にいるはずがないと信じていたので、確信することができなかった。自分の夫なのに。どうしてすぐに気づかなかったのか。

「旦那さま」

情けなさと悔しさを滲ませた空良の低い声に、高虎がピクリと肩を揺らし、頭の上にいるふくをポンと叩き、貞虎の元へと帰らせた。普段はあまり高虎に懐いていないようなのに、こういうときにはきちんと言うことを聞くのだから、ふくは案外高虎のことを認めているのだと思う。

ふくでも分かったのに、自分は気づけなかった。とても悔しい。

「まあ、あれだ。俺も次郎丸の元服を祝いたかったのだ。単騎で馬を飛ばせばそれほど日数も掛からない」

「お一人でいらしたのですか？」

詰め寄る空良に、高虎はスッと視線を逸《そ》らし、「どうということはない」などと嘯《うそぶ》くものだから、集中攻撃を受けることになる。

「なんという無謀なことを……」

「信じられない。止める者はいなかったのですか」

「まさか無断で出奔したのではありますまいな」

やはり自分は高虎の側を離れるべきではなかったと、魁傑が苦い顔を作る。

「違うのだ。一応二人は連れていたのだ。しかし走っているうちに振り切ってしまったようでな。気づいたら一人になっていた」

日向埼から隼瀬浦まで、高虎は馬を取り替えながら四日で来たと言った。一方の空良たちが要した時間は七日と半日だ。少人数での移動だったので、これでも随分時間を短縮しての道行きだった。馬を潰す覚悟の早馬でさえ五日掛かるといわれているのに、それよりも早く着くとは何事かと思う。

「城はどうしたのですか。業務が滞っているでしょうに」

「なに、心配ない。桂木《かつらぎ》がいるからな」

「やつは他国の与力《よりき》ですぞ！　それに、当主が留守となれば、この隙によからぬことを考える輩《やから》が出るかも知れませせぬ」

「それも心配ない。ちゃんと影武者を置いてきた」

「影武者など、某は聞いておりませんぞ」

影武者の存在は極秘中の極秘なので、周りに知らせずにいることはままあることだ。しかし、一番の家臣である魁傑が知らないのは大問題だ。それに、高虎の影武者となれば、ちょっとやそっとでは務まらない。

「何処《どこ》から呼び寄せたのです？」

「呼び寄せてはおらぬ。佐竹《さたけ》に任せたからな」

「影武者の影にもならないではないですか！　佐竹は影武者としての技能など一つも身につけていないのですぞ。第一まったく似ておりませぬ。熊《くま》とヤモリほどの違いがありますぞ！」

「言いすぎだ。可哀想だろうが」

「佐竹の現状が可哀想です」

佐竹は魁傑が拾ってきた陪臣《ばいしん》だ。魁傑が可愛がっていることもあり、剣の腕はかなりのものだが、顔つきも体格も高虎とは似ても似つかず、まったく影武者の用途を果たせるとは思えなかった。

「城の奥座敷で震えている佐竹の姿が見えるようですな」

同情を込めた魁傑の呟《つぶや》きに、空良もおおいに同意する。

「本当は元服の儀に間に合えばよかったのだが、そうすると他領の者と顔を合わせることになるからな。それは不味《まず》いと思ったから」

「今ここにいることがすでに不味いですぞ」

「まあよいではないか。無事にこうして会えたのだし」

魁傑の苦言に、高虎はどこ吹く風という態《てい》で笑っている。豪快すぎる当主の所業に、空良も溜め息しか出ない。

「次郎丸。成人おめでとう」

そうして朗らかな笑顔で貞虎に祝辞を述べた。

「ありがとうございます。そうまでして祝いに来ていただき、嬉《うれ》しいです」

呆れ果てている空良たちを余所《よそ》に、貞虎は感激したように瞳を輝かせている。

「魁傑より、伝言をいただきました。何よりも嬉しいお言葉でした」

「そうか」

「兄上。わたしは次郎丸改め、貞虎という名をいただきました。今度ともよろしゅうお願い申し上げます」

貞虎の名を聞いた高虎が破顔した。

「貞虎か。良い名だ」

そう言って貞虎の肩を強く叩き、「こちらこそ、頼りにしているぞ」と、大きな笑顔を見せるのだった。


隼瀬浦での最後の夜。空良は高虎と共に、以前二人で暮らした屋敷の離れにいた。

ここは高虎の母親のために建てられた屋敷なので、空良たちがここを出たあとも、息子のために保全してくれているのだ。

以前と同じように縁側に隣り合わせて座り、高虎の晩酌にご相伴しつつ、月見を楽しんでいた。月は半月。冬の名残の冴《さ》え冴《ざ》えとした光が、夜空を照らしている。

昨日までは空良が一人でここを使っていた。もちろん控えの間には魁傑たち日向埼の家臣が待機していたし、下働きの者たちもいたが、離れの部屋には空良一人しかいなかった。それが今は隣に夫がいる。

山の夜は風が冷たく、寒いだろうと高虎が肩を引き寄せてくれる。抵抗なく広い胸に身体を預け、ゆったりとした時間を過ごしていた。

「それにしても、お義父《とう》さまも仰天なさったでしょう」

「ああ。……まあ、叱られたが。本心では喜んでいたぞ」

朝方、貞虎たちがこの屋敷に空良を迎えに来るのと入れ違いに、高虎は城に着いたのだという。そして空良たちが滝に行くことを聞きつけ、驚かそうと先回りをしたのだ。

「そうだったのですね。旦那さまがおいでになると分かっていれば、出迎えの準備もしたでしょうに。きっと民も喜んだでしょう」

「そうなると思ったから極秘で来たのだ」

滝の遊山から戻ったときも、城で挨拶だけを済ませてすぐにここへ戻ってきた。貞虎たちは歓迎の宴を整えようとしたのだが、それも断った。高虎が隼瀬浦に来たことを大々的に知らせるのは、やはりいろいろと上手《うま》くない。

「わたしにも内緒でですか？」

「ああ、そなたにも内緒でだ」

恨みがましい空良の声に、高虎は楽しそうに笑い、空良の頬に口づけた。

「先に打ち明けておれば、空良はきっと黙ってはいられまい」

「そんなことはないですよ？」

信用ならないというふうな言葉に、僅かにムッとして高虎を睨むと、高虎は気弱そうに眉を下げた。

「余計な心労をかけたくなかったのだ。黙っているのは心苦しかろう？　それに、先に知っていたら、そなたは日向埼に留まると言い張るだろうから、それを避けたかった」

高虎の言葉に、自分がもし高虎の計画を事前に聞かされていたらと考え、その通りかもしれないと思った。極秘でそんな危ない強行をするぐらいなら、自分が城に留まると申し出た。なにより高虎に弟の元服を祝ってほしかったから、喜んで送り出しただろう。

「そなたに貞虎を祝ってほしかったのだ。俺ならどうとでもなるからな」

高虎も空良と同じ思いで行動したらしい。真の故郷である隼瀬浦に、空良を里帰りさせてあげたかったし、貞虎に会わせてあげたかったのだと。

「まあ、逆のことを空良がするといったら、断固として許可しなかったがな」

そう言って悪戯《いたずら》そうな目をして、高虎が笑った。

「取りあえず、無事に辿り着けて、皆の顔を見られた。そなたと共に里帰りもできたし、問題なかろう」

「城に残された方たちは、きっと大変な思いをされていますよ」

「なに、貴重な体験ができて喜んでいるやもしれぬ」

「お気の毒に……」

「気の毒なものか。あやつら、俺を働かせすぎじゃ。たまの休暇ぐらいほしかろう？　泣いて頼んでも休暇をくれないから、もぎ取ったまでだ」

あっけらかんとした口調に、厳しい苦言は続かず、とうとう空良も笑ってしまった。

「もう怒りは収まったか？」

空良が笑い声を上げたことで、高虎の表情も柔らかくなる。

「怒りというよりも、心配したのです。無茶なことはあまりしないでくださいまし」

「普段無茶をするのはそなたのほうだろう。俺の気持ちが分かったか？」

「無茶など……」

笑みを浮かべた唇が下りてきて、軽く啄まれる。

「ん……」

「いつも俺がどれほどヤキモキしているか。たまには俺もそなたにヤキモキされてみたいのじゃ。そなたに心奪われる輩が大勢いるのでな」

拗《す》ねた声が空良の唇の上で囀《さえず》っている。

「そんなの……ん、ん。今のお話とは……ぅ、ん、旦那さま」

話の筋がずれているのではという指摘をさせてもらえず、再び唇を吸われた。

繰り返し啄まれながら、抵抗の力が抜けていく。

「二人で里帰りができて、よかったな」

蕩《とろ》けきった顔を覗《のぞ》き込みながら、高虎が笑った。

「ええ。願望が叶えられました」

三年前の約束が果たせたと、空良も笑みを返す。

「次郎丸、いや、貞虎か。随分と立派になっていた。一年であれほど変わるものなのか」

「ええ。本当に。以前とは見違えるようでした。魁傑さまも感動しておられましたよ」

姿も物腰も、すでに立派な武人然としていた。今日もあの滝で、不審者の存在を捉えたときの素早い対応は見事なものだった。

「負けていられないな」

元服を終えた弟の姿に高虎は驚嘆し、喜ぶと共に、闘争心のようなものが芽生えたらしい。

今の高虎の言葉を貞虎が聞いたら、きっと歓喜するだろう。尊敬する兄と対等な立場に立ちたいと、ずっと望んでいたのだから。

弟は兄に追いつこうとその背中を目指し、兄は追いつかれまいと先をひた走る。仲の良い兄弟だからこそ、競い合えるのだ。

いつもは一国の主《あるじ》として泰然としている夫が、闘争心を剝《む》き出しにする姿が頼もしい。高虎は今日をきっかけに、また強くなるのだろう。

現状に満足せずに更に上を目指す。『三雲の鬼神』と呼ばれるに相応しい夫の猛々《たけだけ》しさに、空良はぞくりと身体を震わせた。自分はなんという男を夫に持ったのか。

「旦那さま」

「……奥へ行くか？」

言葉にする前に、空良の欲念を察した高虎が、空良の手を引き寄せた。

隼瀬浦の春の風は、日向埼のそれよりも荒々しい。ゴウゴウと吹きすさぶ風が、離れの戸板を震わせていた。

「あ……ん、旦那さま」

明日は早くから出立の予定だというのに、夜が更けても尚、高虎が空良を離さない。

散々空良を泣かせ、もう二度は果てたというのに、高虎は延々と空良を責め続ける。

「明日も早いのに……」

「なに、まだまだ時間はある。こうして肌を合わせるのは久し振りだろう？　嬉しいのだ。許せ」

日向埼の城でも夫婦の寝所は一緒だ。けれど二人とも忙しく働いていて、なかなかゆっくりとは過ごせない。同じ褥《しとね》で横たわっていても、夫婦の契《ちぎ》りは間遠くなっていた。そうは言っても、十日と空くことはないのだが。

「それともそなたは俺にもう飽いたのか？」

「まさか。そのようなこと……んあっ」

「それならよかった」

深く入り込んだ高虎の指が、空良の蕾《つぼみ》を押し開く。香油が塗られた指で空良の蕾を解しながら、唇を啄んでくる。

「あっ、あっ」

高虎の指がクイと曲がり、その場所を押されると、勝手に声が迸《ほとばし》ってしまう。

「そこ、駄目……、んんぁあ、……ひ、ん、はぁあぁん」

「駄目なのか？」

グルリと指が回される。

「っ、ぁああ……っ」

「良いのだな……？」

首を横に振って駄目だと訴えるが、逆の解釈をして、そこばかりを責められた。

すでに二度、絶頂を促された身体はくたくたに疲れているのに、高虎の執拗な可愛がりに、性懲《しょうこ》りもなく熱を持ってしまう。

「可愛らしいのう」

高虎の指の動きに合わせ、若茎がヒクヒクと飛び跳ね、先端から蜜を溢《あふ》れさせる。上から
それを眺めながら、高虎が嬉しそうに目を細めた。

こちらを見据える瞳はゆらゆらと揺らめいていて、激しい炎が垣間見える。

弟である貞虎の姿に闘争心を焚《た》きつけられ、それが欲望となって燃え上がっているようだ。

「旦那さま……、っ、旦那さま……ぁ」

「また気をやるのか？」

三度目の絶頂が近づいたことを察した高虎が、空良に問う。その通りなのだが、認めるの
が恥ずかしくて、歯を食いしばって我慢した。

「んんんぁ、……もう、止《や》……め……て」

「駄目だ。心地好《ここちよ》いのだろう？　存分にいけ」

「だって、だって、わたしばかり……、んあ、ん」

何度も空良を絶頂に導きながら、高虎はまだ一度も達していない。指と唇で空良の身体を
弄《もてあそ》ぶばかりで、己の快楽に浸らないのだ。

「そんなことはないぞ。そなたのこのような姿を眺めるだけで、俺がどれほど興奮していることか」

「でも」

「もっと見せろ。喜んでいる姿を」

「いや……」

「逆らうな」

「いや、いや……っ、ひ、ぅ……っ、やぁぁぁっ」

拒絶したのは駆け引きだ。空良が嫌がれば、業を煮やした高虎が、強引にでも貫いてくれると期待したのに、それは叶わなかった。その代わりに高虎は身を沈め、空良の花心を口に含んでしまった。

「だめ、旦那さ……ま、もう、もう、っ……はぁ、ぁあん」

ジュブジュブと音を立てて、高虎が空良のそれを啜りあげる。吸い付き、舌を絡《から》ませ、唇の裏で激しく擦《こす》られた。後ろには太い指が抜き差しを繰り返している。

強烈な刺激に背中が反り、意思とは別に腰が浮き上がる。高虎の動きに合わせてはしたなく腰が前後し、嬌声《きょうせい》が飛び出す唇が閉じられない。

「ひ、……ん、ふ、ふっ、ぁあああ――」

目の前にチカチカとした光が飛んだ。朦朧《もうろう》としたまま、三度目の精を高虎の口内に放つ。

一瞬意識を飛ばしてしまったようで、気がつけば高虎は身体を起こしており、空良を見下ろしていた。

快楽を与えられ、絶頂を迎えたのは空良なのに、こちらを見下ろす高虎の瞳が恍惚《こうこつ》の色を宿している。荒く息を吐きながら、猛々しい雄茎を握り、空良に見せつけるようにそれを扱《しご》いてみせた。

空良の上で膝立ちしたままの高虎は、こちらを見下ろしながら、自身を育てている。色も形状も空良とは違い、黒光りしたそれはまるで凶器のようだ。

「旦那さま、……早う」

両腕を広げ、それが欲しいと懇願する。その凶器に貫かれたい。身体がズタズタになってもかまわないと思った。

「早う、……早う」

舌足らずな声で幼子のようにねだる。空良の足の間に膝を進めた高虎が覆い被《かぶ》さってきた。

「は……っ、ぁあああ」

ズプリと、夫の切《き》っ先《さき》が肉を割る。狭い隘路《あいろ》をこじ開け、獰猛《どうもう》な楔《くさび》が一気に最奥まで打ち込まれた。目の前に火花が散る。

衝撃は強いが、痛みはさほどなかった。幾度となく繋《つな》がった身体は、すでに夫の形を覚えているからだ。

休む暇など与えないというように、高虎が激しく腰を送る。パチュパチュと肌がぶつかる音が響き、その水音に却《かえ》って興奮がいや増した。

「……ああ、空良、はあ、……はあっ、は、は……」

空良の名を呼びながら、高虎が荒く息を吐いている。被さってくる身体は硬く、重い。押しつぶされそうになりながら、空良からも腕を回し、夫の首に取りついた。

身体のすべてを密着させながら、二人して激しく揺れる。お互いに大きく口を開けたまま舌を絡め合いながら、尚も揺れ続けた。

「……くっ、はあ、あぁあ、ああ、空良、……っ、あああ」

吠えるような声を発し、高虎がいっそう強く腰を押しつけ、そこで止まった。

「っ、……く、ぅ……」

苦しそうな、それでいて享楽を貪るような、空良だけに見せる表情を浮かべ、高虎が空良を見下ろす。引き寄せ、口づけた。吐息の甘さに舌が蕩けそうだ。

外では隼瀬浦特有の春の風が吹き続けていた。

出立の朝。隼瀬浦の城の前には大勢が見送りに集まっていた。先頭には当主時貞と貞虎がおり、やや後方に孝之助の姿もある。空良たち日向埼へ帰る集団の数は少なく、二十人もい

ない。その筆頭に空良と魁傑が並び、隼瀬浦の当主と挨拶を交わしていた。

高虎は護衛の一人という態で、列の後方で馬を引いている。身分を隠しての処置ではあるが、抜きん出た身体の大きさと、尋常ならざる存在感で、まったく隠れていない。

お忍びで、それもたった一日の滞在だ。隼瀬浦の城でも知らなかった者は多く、皆ざわざわと囁き合っているが、当主たちが何も言わないので確認できず、困惑しているようだ。一方の日向埼側でも、事情は昨日のうちに伝えてあるが、皆落ち着かない顔をしていた。当の本人だけが、機嫌よくニコニコしながら馬をあやしていた。

高虎に振り切られた二人の家臣とは、まだ合流できていない。こちらに向かっているのは分かっているので、何処《どこ》かの中継地点で落ち合う手筈《てはず》となっている。高虎を追い掛けて疾走し続けた挙げ句、そのまま引き返すことを思うと、なんとも気の毒なことだと思う。

「それでは道中気をつけて。だがまあ精鋭揃《ぞろ》いだ。心配はないと思うが」

当主時貞が旅の無事を祈ってくれた。そうしながら後方にいる高虎に笑って視線を送っている。

「これからは貞虎を中心に事業を進めていくことになるから、今後幾度も行き来する機会があるだろう」

「また日向埼へお邪魔させていただきます」

時貞の言葉に貞虎が続いた。

「はい。お待ちしております」

笑顔でお互いの健勝を祈り合い、城を辞した。姿が見えなくなるまで見送られているなか、ふくが頭上をついてくる。今日は家族の姿は見えず、ふくだけが見送ってくれるようだ。

山の中腹にある城を下り、麓《ふもと》に広がる町へと向かう。下るほど春の気配が強くなり、緑の色が濃くなっていった。

山に沿って根を張る木々は、空に向けて真《ま》っ直《す》ぐ伸びている。幹も太く、数人が手をつないで広げてやっと届くような木がそこかしこに生えていた。

隼瀬浦には海もなく、平地も少ない。今まではこれといった特産品もなかったが、山の資源は豊富である。

川を利用した流通路を開拓すれば、上質な材木を売り出せるようになる。この事業には孝之助の故郷の篠山や大内川《おおうちがわ》、その他にも複数の国で協力し合うことが決定している。貞虎が飛び回って獲得してきた新しい川の路《みち》だ。

馬に乗りながら、空良はこれから商売の主要となる木々を見回した。どれも立派で頼もしい自然の宝たちだ。麓近くに行けば、すでに材木の置き場や作業所などが作られており、そこで働く人々の姿が見えた。

「随分活気がありますね。以前はこの辺りで人の姿など見たこともありませんでしたが」

「新しい産業ですからな。皆張り切っているのでしょう。貞虎殿が幾度も麓に赴き、精力的に人を集めたのだと聞いております。これまでは少数がそれぞれバラバラの箇所で伐採作業をしていたものを、組織だてた運営をするようですぞ」

頼もしいことだと、魁傑が働く人々を眺め、目を細めた。

いずれ川船や集積所などの造船を含む建築事業にも発展させたいという目論見《もくろみ》もあり、今隼瀬浦は林業を中心に、大きく飛躍しようとしている。

「山を丸裸にする勢いだと、先日当主が笑っておいででした」

「丸裸はいけませんよ。山が力をなくしますから」

たぶん冗談だろうが、勢いに乗って無謀な開発はしないでほしい。空良が心配の声を上げると、「その辺りは抜かりない」と、いつの間にか側まできていた高虎が言った。

「木を切りすぎることによる弊害については、この地の者は皆知っておる」

山と共に生きてきたからなと、生まれ故郷を見渡す。

「本格的に林業を興《おこ》すにあたり、他国の領地の視察もしたらしいぞ。伐採箇所を吟味し、切ったあとには植林を行っている国もあるそうだ」

「ああ。それはよい行いですね。木は育つまで何年、何十年と掛かりますから。その手管をわたしも学びたいです。日向埼にも山があるのですから」

日向埼は海と広い平野があるので、林業はそこまで力を入れていない。しかし良質の材木を育てる方法があるのであれば、是非とも挑戦してみたい。

「そうだな。領地へ帰ったら貞虎に文を送ろう。他にも日向埼と気候の近い国の状況を知りたいものだ」

弟に負けていられないと、夫が負けん気の強い顔をする。

「是非視察に行きたいです」

空良も張り切って声を上げる。

「そうだな」

「やはり近い土地のほうが類似点を見つけやすいですよね。山を挟んだお隣の領地など、あちらも林業が盛んだと聞いております。お隣なので、すぐにでも行けますね」

「ああ、うん。そうだな」

「でも向こうは海が近くありませんねえ。山一つ隔てただけでも、随分気候が違うでしょうし。そうすると、海沿いのほうがいいでしょうか。季節ごとにも違いがありますし」

「しかし空良、まずは内政に力を注がないといけない」

勢い込む空良に、高虎が待ったをかける。

「人も増えているし、港の増築と、造船業のほうも今が佳境だ」

領地の発展に伴い、他領から人が流れ込んでいる。商人や職人などが大勢駆けつけているが、それ以上に流民が多いのだ。これだけ人が増えても、それを纏《まと》めるための人材が不足していた。だから空良や高虎が先導して走り回っている現状なのだ。

「ええ。ですが近場ならばすぐにでも行けます。ほんの二、三日、わたし一人なら身軽に行けますでしょう?」

「近場ならばそれこそ俺も一緒に出掛けたいが、今は時間が厳しい」

「旦那さまはお忙しいですから、わたし一人で平気ですよ?」

「いずれ時間を作るから少し待ってくれ」

すぐにでも視察に出掛けたいと目を輝かせる空良に、高虎が食い下がる。

「高虎殿はしばらく城から出られませぬ。少なくとも今年のうちは無理でしょうな」

そんな高虎に今度は魁傑が釘《くぎ》を刺す。

「今年のうち……、今は春だぞ。そんなに待てぬ」

「無理は無理です」

「数日ぐらいどうにかなるだろうが」

「どうにもなりませぬ。どなたかが仕事を放って出奔しましたので」

恨みがましく睨みつける高虎を、「自業自得ですな」と、切って捨てる魁傑だった。


隼瀬浦から日向埼に戻ってきて、数日が経った。

林業を学ぶための視察の計画は、結局あのまま頓挫《とんざ》している。

高虎が領地を不在にした期間は、十二日間に及んだ。そしてその間の仕事はやはり滞っており、それらを挽回するのに皆で四苦八苦している状態だった。当主が不在の間にも、他領の当主代理や大店《おおだな》などの来訪、問い合わせがひっきりなしにあり、その対応に追われた。そうした国の外との取引に手一杯な高虎に代わり、領地内の纏め役を空良が担っている。

港に建てられた蔵は常に満杯で、早々に数を増やすことが決定した。訪れる船の数も多く、港の増築も急がれる。日向埼領所有の船はやっと一隻が出来上がり、すでに二隻目に着手している。職人を増やし、三隻目も同時に造れないかと、指南役のザンビーノと桂木とで相談を進めているところだ。

城下町でも増えすぎた人で、家屋や店の数が足らず、混乱が生じていた。人が増えれば争い事も増え、領内を警邏《けいら》する自警団も大忙しだ。彼らを労《ねぎら》うために、空良は度々詰め所に顔を出していた。孫次《まごじ》、五郎左《ごろうざ》、彦太郎《ひこたろう》の三人衆とも、親密に連絡を取り合っている。港、城下町、農地の纏め役である彼らの意見は、民の声を最も反映しており、蔑《ないがし》ろにできないものだ。

そうして今日も空良は城下に下り、今は詰め所で三人衆からの陳情を聞いている。自警団の数は八百人に増え、町の各所にある詰め所から、様々な話が流れてくるのを纏めていた。

「農村のほうもですか……。それは困りましたね」

「へい。ちょっとした争い事ぐらいなら、こっちで済ますんですが、畑を荒らされちゃあ敵《かな》わねえ。みんなして見回っているんですが、難儀しとります」

他領から毎日のように人が流れてくる。手に職があれば雇うことも可能だが、圧倒的に農民が多かった。田畑には所有者がおり、作業は大概が小作人とその家族で行われる。人を雇う余裕は彼らにもなかった。そういう流民たちは、港の漁場や蔵に振り分け、運搬などの力仕事や単純な手作業などの仕事を与えているが、どんどん人が増え、今では飽和状態だ。田畑を開墾《かいこん》しようにも、その計画を立てる余裕がない。土地を勝手に広げられるのも困る。

人が溢れているのに、上に立つ人材が足りないのが頭の痛いところだ。

「一番酷いのは山に近い土地なんでさあ。ちょこっとずつ畑を広げて、やっと安定して収穫できるようになってきたって喜んでいたのに、滅茶苦茶にされちまって」

悔しそうに拳《こぶし》を握っているのは、農村を纏めている大地主の彦太郎だ。山を越えて逃げてきた流民が、田畑から農作物を盗っていくらしい。

「家畜をやられた家もあるんです。どんだけ苦労して手に入れて育てているか、奴らだって知ってるだろうに」

作物や家畜だけではなく、山菜や木の実など、山の恵みも無差別にやられているという。猪《いのしし》も兎《うさぎ》も、数が激減したと彦太郎が言った。

巡回を増やし、柵も立てたが、まったく効果がなく、日に日に荒し具合が酷くなっていく。

「山の向こうからやってきて、根こそぎ盗んでいきやがる。相当な人数で荒らしてますぜ。十人、二十人の規模じゃねえです」

それだけの規模なら討伐の対象になるが、彼らはまとまって襲ってくるのではなく、皆てんでバラバラに盗み、荒らしていくのだから質《たち》が悪い。

これまでも山越えの流民は、毎年幾人かは確認されていたらしい。土地を与えられるわけではないので、これまでは無視をし、目に余るようであれば、農民たちで話し合い、密かに粛正することもあったと、彦太郎は正直に話してくれた。

日向埼はもともと、前領主の圧政が長く続き、閉鎖的な気質を持っている。空良や高虎たちの努力で、今では心を開いてくれているが、根本的には余所者《よそもの》に対して厳しい目を持っているのだ。空良もここにやってきた当初、随分苦労をしたからそれは理解している。

それでも地元の人々は、高虎の号令に従い、余所からの人々を受け容れようと努力している。孫次たち三人衆も骨を折ってくれているが、今回は被害が大きすぎて自分たちでは解決できないと、こうして訴えてきたのだ。

「ここ数年は領主様の温情もあるってんで、余所から人が来たときには、自警団にそちらへ連れていってもらっていました。そんでも、あの連中は酷すぎる」

「山向こうからですか……」

「佐矢間《さやま》ですな。隣国になります」

思案する空良に、護衛でついてきた桂木が山を隔てた隣国の名を告げた。

隼瀬浦からの帰路で、いつか視察に行くべきかと話題に上がった隣国の領地である。

海はないが、良質な材木が採れる資源の豊かな土地だという印象がある。日向埼は海風と秋口にやってくる大嵐が主な自然災害だが、山向こうの佐矢間には、山が自然の壁となるため、そういった被害は少ないはずだ。ここしばらくは戦もなかったし、国替えをしたとも聞いていない。

「……ああ、佐矢間といえば、ここ最近流民に対しての苦情が数度に亘《わた》りきております」

「流民の苦情？　うちから流れて迷惑をかけているというのですか？」

「逆です。人がそっちに流れすぎて働き手がいなくなり、迷惑していると。こっちに逃げてきたら、即刻捕らえて返してくれということです」

「うちで捕らえて向こうに送れと」

「はい。さようで」

なんとも自分勝手な言い草に、空良は口を開いたまましばし固まった。追い返すのではなく捕らえて返せという。被害を受けているのはこちらも同じで、むしろ土地を荒らされている分、こちらの被害のほうが大きいのだ。それなのに労力を負担せず、責任もないと言ってきているようだ。

「飢饉《ききん》でもあったのでしょうか？」

「飢饉があったという記憶はございませんが、なにしろ山を隔てた向こう側ですゆえ、知らなかったということもあるでしょうな」

「うちの流通事業にも噛んでいますよね？」

「はい。取引をしております」

佐矢間は材木の輸出が商いの多くを占め、以前材木座を通して嫌がらせをしてきた丹波《たんば》の国を後ろ盾としている。材木座との取引を停止され、一時期材木が足りなくなったときに、融通してくれないかと頼み、断られたことがある。

しかし、日向埼を拠点にした交易が始まると、掌《てのひら》を返したように交流を求めてきた。既存の材木座とも取引をしながら、日向埼とも縁を結んでいる。良いとこ取りの印象はあるが、立ち回りが上手いという評価をしていたのだ。

「材木の商いのほうは特に変化はありませんよね」

「そのように思っておりましたが、……城に戻り詳しく調べましょう」

この春先に急激な変化があったのか、こちらには与《あずか》り知れない問題があるのか、隣国といえども詳細は不明だ。けれど山を越えて領地を荒らしにくるほどの、何かがあったのだろうと推測する。

「今回の領地荒らしのことは、領民のみでの解決は荷が重いでしょう。急ぎ城からも人を寄越し、見回りを強化させましょう」

田畑を荒らされ、家畜を奪われるのは業腹《ごうはら》だが、裏を返せばそれほど困窮しているともいえる。それも数十人、もしかしたら数百人規模で困窮しているということだ。

その場その場で対処しても、原因が分からなければいつ問題が解決するのかも分からない。

「緊急性はありますよね？」

「はい。殿もお忙しいとは思いますが、時間をおくべき事案ではないと心得ます。空良様が動くというのであれば、及ばずながら、私も尽力いたしましょう」

いつものような飄々《ひょうひょう》とした佇《たたず》まいを崩さないまま、桂木が空良に向けてしっかりと頷いた。


鬱蒼《うっそう》とした山道を、さくさくと歩いて行く。

同じ春であっても、隼瀬浦の山とは随分様相が違うのだなと、獣道《けものみち》を辿りながら、空良は山の風景を楽しんでいた。

今日は満月で、山の奥深くまで潜っても、辺りは明るい。

「ちょっと待てって。真っ暗で何も見えねえんだから、そんなに早く先に行くなよ」

空良には明るい道でも、他の者にはそうでなかったらしく、かなり後ろのほうから、非難の声が飛んできた。

「不用意に声を出すな。獣が寄ってくるだろう」

「そしたら斬ればいいじゃねえか。丁度いい晩飯になる」

後ろで言い争っているのは魁傑と菊七《きくしち》だ。

彦太郎の陳情を持ち帰った日から二日後、空良の要望と桂木の進言もあり、隣国との境にある山に、至急視察に入ることになった。

空良は話し合った当日でもかまわず、自領の山を見て回るだけで、討伐ではない。隠密に長《た》けた桂木も同行すると言ってくれたので、特に他の護衛も必要ないと言ったのだが、案の定許してもらえなかった。山を荒らす流民はすなわち山賊と同義であり、そんな危険な場所に空良を向かわせられないと高虎が吠えた。

山賊といえば魁傑で、それなら自分も行くと手を挙げた。この三人であれば、ちょっとやそっとのことでは危険に晒《さら》されることもないだろうと、二日後に決行することになったのだが、どういうわけか菊七も参加している。

旅回りをしながら各地で間諜《うかみ》の役目も果たしてくれている菊七に、隣国を調べてもらうように頼んだ。折良く菊七が所属する旅一座の興業が、日向埼で行われており、時機がよかったのだ。

それが何故今一緒に山に入っているのかと問えば、次の芝居の種になりそうだからという理由だ。「そら吉《きち》の行くところに芝居の種あり」と嘯く菊七が、無理やりついてきたのだ。

「そら吉のお蔭《かげ》でうちの一座は大儲《おおもう》けだからな。次もドカンと大きいのを頼むぜ。水攻めと海賊討伐のあとは、山賊狩りか。派手な立ち回りを期待してるぜ」

「山賊狩りに来たわけではありません。山の様子を見るだけです。派手な立ち回りなどありませんよ？　というか、わたし、海賊を討伐した覚えもないのですが」

　空良に多大な期待を寄せる菊七を牽制する。

「まあ、地味なら地味なりに俺がなんとでもしてやるけどな」

「話を大袈裟にするのは勘弁してもらいたいです。これまでのお芝居、ほとんど作り話ではないですか」

「んなもん金になりゃなんでもいいんだよ。真実が一つありゃ十分。今回も稼がせてくれよ。つか、暗すぎて全然足元が見えねえ。そら吉、手ぇ貸してくれよ」

「仕方がないですねえ」

　調子のいいことを言いながら、足元が不如意の菊七に手を差し伸べたら、別の手がそれを握った。

「魁傑。菊七を誘導してやれ。ついてこられないようならその辺に捨てておけ」

「領主様、ひでぇ」

「旦那さま」

　差し出した手をしっかり握っているのは高虎だ。

　今回の視察は夕暮れから行われた。できれば隣国との国境となる山頂まで登り、向こうの領地の様子も確かめたいということで、出発がこの時刻になった。夜のうちに山を登りきり、朝日が昇る頃に国境に辿り着き、そのまま戻ってくる算段だ。山歩きに長けた空良がいるか

らこそできる作戦だ。

行動が公務のない夜なら自分も行くと高虎が主張し、この顔ぶれとなった。反対意見はもちろん出たが、聞き入れる城主ではない。

「領内の視察で半日もかからない行程だ。しかもことを急する問題なのだ。俺が行かなくてなんとする。異論はなかろう」

そんな経緯《けいい》で、夜の行軍となったのだった。

日向埼の春の山は夜風も温かい。踏み込む土は隼瀬浦のものより幾分軟らかく、藪《やぶ》も多くて歩くのにコツがいる。

「思ったよりも静かですね」

空良たち以外の人の気配は感じられない。日向埼側の麓を荒らすため、夜のうちに山に潜んでいるかと警戒したが、今はいないようだ。

「一昨日から見回りの数も増やしましたからな。諦めて自国に戻ったのかもしれませぬ」

魁傑の言葉に、それならいいのだがと、夜の山を見回す。

「それにしても、獣の気配が薄いですね」

新芽の季節は獣にとってのかき入れ時だ。冬の間は乏しい食物も、土をほじくればすぐにも手に入れられる。それなのに、餌を探す獣の気配がとんと感じられなかった。獣道を歩いているのに獣が通った形跡がない。

代わりにあるのは人が荒らした跡だった。

闇雲に土をほじくり新芽を毟《むし》り取り、茎や根を断ち切った跡がそこここにあった。たまに見つける獣の痕跡は、暴れて抜けた毛と、時間が経過した血の名残。

根こそぎ乱獲し、場を荒らした跡しかない。その他にも折れた木の枝や火を焚いたあとなど、確かな人の営みが見て取れた。

「かなりの数ですね。百人以上でしょうか。それも集団でなく、それぞれが適当に歩き回ったようですね。……酷い有様です」

「ああ、分かる。行き当たりばったりで彷徨《さまよ》った感じだな」

「よっぽど切羽詰《せっぱつ》まっているのでしょうな」

魁傑も菊七も山賊での生活を経験している。蛮族と呼ばれていた彼らから見ても、この荒らし方は理解できないようだ。

秩序のない荒らしの痕跡を見つけるたび、空良は胸が痛くなる。

それは、自然を破壊する暴挙に対する怒りと、そうしなければ飢《う》えて死ぬという、極限まで追い詰められた悲哀が感じられ、その両方に胸が抉《えぐ》られるのだ。

木の根元をほじくり返し、枯れるのも厭《いと》わずに傷つける行為は、奥深くに眠る虫を捕らえようとしたものだろう。獣を食い尽くし、食べられる芽も取り尽くした果てに、それしか食べる物がなくなったことを物語っている。

飢えで死を目前にする者に、自然を考慮する余裕などない。大勢の人がそこまで追い詰められる環境とは、いったいどんなものなのか。

「山の向こう側もこのような有様なのでしょうか。麓はどうなっているのでしょう」

高さはそれほどなくても、広い山だ。それなのに、これほど荒らされるというのは尋常ではない。しかも山の恵みを取り尽くし、我が国の麓の畑まで荒らしに来ているのだ。いったい向こうでは何が起こっているのだろう。

黙々と歩を進める空良のあとを、皆がついてくる。はじめのうちは物見遊山とばかりに賑《にぎ》やかに山を登っていた一行も、空良のそんな様子に段々と口数を少なくしていた。

「空良」

高虎が空良の手を強く握った。

「思い詰めるな。考えるのはあとにしよう。まずは現状をありのまま見て回るだけだ」

ポンポンと軽く背を叩き、高虎が心を解すような穏やかな声を出す。

「そうですね。少し……考え込んでしまいました」

高虎の言う通り、できる限りの情報をこの目に収め、あとから解決方法を模索すればいい。ほんの短い会話で、気持ちが軽くなった。心を痛めているのは自分だけではないのだ。ならば皆でこの悲しみを共有し、策を考えればいい。今の空良は独りぼっちで生きているわけではないのだから。

「このような暗がりを進んでいると、いつぞやの逃避行を思い出しますな。幼少の貞虎殿を連れて、城から脱出し、一晩中山歩きをしたものです」

「ああ。そういえば、そんなこともありました」

空良が嫁入りで隼瀬浦にやってきた最初の年、高虎の留守を狙った他領の襲撃を受け、夜の山を逃げて回った。朝方になり、敵に捕らえられ万事休すの事態になったときに、高虎に助けてもらったのだ。

「あのときに比べれば、今夜の道行きなど散歩のようなものですな」

暗く沈んだ空良の気持ちを引き立てるように、魁傑が明るい声を出した。

「空良殿は暗闇の中、川の在処《ありか》を的確に捉え、我々を導いてくれ申した」

「次郎丸さまも、随分頑張ってくださったのですよね」

負ぶうかと申し出た魁傑に、大丈夫だと繰り返していた。周りを気遣い、元気づけていた。辛《つら》くて怖かっただろうに、気丈に振る舞っていた。

「俺らと湿地帯を行ったときも、随分活躍したよな！　魁傑の兄貴の大根役者振りは笑えた」

魁傑と菊七と空良とで、敵国側の偵察に行き、何故か親子の芝居をしながら敵を欺《あざむ》いたのだった。

「あの棒読みの台詞《せりふ》を思い出すと、今でも笑える」

「うるさい。お前が変な設定など作るからあんな有様になったんだろうが！」

「うへへ。まあ、あの大根役者振りが人気の種になったんだから、よしとしようや。毎度あり！　……って、いて！　痛ぇよ！」

「うるさい。大声を出すな！」

「そっちのほうが声デカいって！」

　調子に乗った菊七の頭に魁傑のゲンコツが降り注ぐ。

　重苦しい空気はいつの間にか霧散して、思い出話をあれこれと繰り広げながら、どこかのんびりとした道行きとなっていた。

「隼瀬浦の逃避行も、松木城《まつきじょう》の偵察も、俺は参加していない。なんだか面白くないな」

　せっかく明るい雰囲気になったのに、高虎が不穏な声を出し、台無しにする。

「ご安心召され、私も参加しておりません」

　桂木が気遣いの援護をするが、「お主は海賊の本拠地に空良と一緒に赴いただろうが」と指摘され、沈黙させられた。

「俺は空良のどの窮地にもその場におらなんだ。なんでだ。俺ばかりが除《の》け者か」

「そんなことはないですよ。旦那さまはいつでもわたしを助けてくださっているじゃありませんか。旦那さまがいなければ、空良は今この世におりません」

「空良」

「旦那さまのお蔭で、空良は生きているのですよ」

薄く月明かりが届けられるなか、高虎の鮮やかな笑顔が浮かび上がる。

「そなたは本当に俺の望んだ以上の言葉をくれる」

「それは旦那さまも同じです。空良は三国一の果報者です」

「それは俺のほうだ。空良……」

握られたままの手を引き寄せられ、夫の胸に受け容れられる。

「……あー、そろそろ山頂に近いですかな」

魁傑が不意に割って入り、危うく今の状況を忘れそうになった空良は、慌てて高虎の側から離れようとしたが、しっかり握られた腕は離れず、ひたとくっついたまま夜空を見上げる。

「そうか。夜明けはまだもう少し先のようだな。意外と早いな。道案内が優秀だからか」

「健脚揃いだからでしょうね」

「ではこのまま山頂まで登り、そこで夜明けを待つか。上から麓の様子を眺めたら、人が起き出す前に山を下りよう」

「御意」

高虎の提案に従い、皆でゆっくりと歩を進めた。未だ自分たち以外の人気《ひとけ》は感じられず、目的地が近いということもあり、足並みはゆったりだ。

やがて山頂に到達し、高虎が言うとおりに朝の訪れを待っていた。

今いる山とは別の山の向こうから明るくなり、段々と周りの景色が浮かび上がってくる。

「これは……」

眼下に広がる光景に、空良たちは絶句した。

山裾《やますそ》に点々と畑があり、その先には田園が広がっている。更にその先には町が作られ、石垣が積まれた上に城が見えた。佐矢間の城主の住まう城だろう。

城の向こうにはまた田畑が続き、その合間にポツポツと大小の家屋が建っている。田畑の先には里を囲むように山々がそびえ立っていた。

山に囲まれた盆地。それが隣国佐矢間の様相だった。

自分たちのいる山は周りに比べたら中程の高さだ。今いる位置から斜め右前方の山が一番高く険しい。ここからでは断定できないが、真っ直ぐに立つ木々は杉か檜《ひのき》、あるいはそれに似た種類なのだろう。いずれにしろ、建築に用いるのに適した植生だと思う。

資源が豊かであったというのは間違いない。周りが山で囲まれた土地は、林業に最も適しているといえるだろう。

けれど空良たちが麓の風景を見て言葉を失ったのは、自然の豊かさに感嘆したからではなかった。

木々が生い茂る緑豊かな土地であったはずの山々は、赤土や黒土など、ところどころ地面を露呈させ、麓に流れるように肌を晒しているからだった。

空良たちが今立っている山も同じ状態で、麓に近い場所は広い範囲で木が生えておらず、土が露呈しているどころか、土砂が流れて畑を覆っていた。それが何ヵ所にも及んでいる。麓の村が崩れた山に飲み込まれていた。山の木を切りすぎて、土砂崩れを起こしたのだ。

「これは酷い……」

被害が一番大きいのは空良たちがいる山の麓だが、前方に見える山々も、似たような状態だった。大雨にでも見舞われれば、あちこちでさらなる土砂崩れを起こしそうだ。そうすれば被害はますます拡大し、田畑も村も消えていくだろう。川の氾濫《はんらん》も免れまい。

良質の材木が採れる豊かな領地だと聞いていた。けれど今のこの地は、資源を無尽蔵に貪った結果、土地の力をなくそうとしている。

「何故このような惨《むご》いことを」

木を育てるのには何十年という月日が掛かるのは誰もが知っていることだ。

「無尽蔵に伐採すれば、やがてなくなる資源だということは知っているでしょうに」

何故、何故と繰り返す空良に、高虎は「いいや」と、静かに答えた。

「知らない者もいる。もしかしたら知らない者のほうが多いのかも知れぬ」

「え……」

「知らないというより、考えもしないということか」

山は広大で、見渡す限り木々が生え揃っている。人の踏み込まない土地にいけば、歩くのも困難なほどの樹木の密集地帯はいくらでもあるのだ。

「取り尽くせばなくなるということを、深く考えない者もいるのだ。これだけあるのだから、多少切り取ってもどうということはない。いずれ自然に元に戻ると考える」

「そんな馬鹿なことはあり得ません」

「あり得ないことだと思っていないのだ。だからこそこの光景だと思わないか？」

高虎の言葉に何も返せず、空良は麓に広がる惨い光景を凝視した。

「これだけの山に囲まれて、山の怖さを知らないと……？」

信じられないことだと、空良は目眩《めまい》を抑えるように額に手を当てた。

「こうなる前に、このままでは不味いと訴える者もいなかったのでしょうか」

「……為政者が愚かであれば、訴えたところで、聞く耳を持たないだろうな」

日先の利益ばかりを追い掛け、先の将来まで考えが及ばない。そういう者も確かにいるのだと高虎は言った。下の者の忠言を撥《は》ね除け、ましてや民の声など聞く価値もないと無視したのだろうと。

「生活に根ざした貴重な意見は、むしろ民から聞くべきだろうに、貧しい民草《たみくさ》と侮《あなど》り、蔑ろにした結果があれだ。そうでなければこのような事態は起きないだろう。山の伐採は、城主の命の下で行われているのだから」

語られる声は、領地を預かる同じ領主としての怒りからか、それとも己を戒めているのか、低く、硬い。

「今後山を越えて我が領地に流れてくる民はますます増えるだろうな」

「見張りを増やし、山に入ってくる者を徹底的に排除する方法もありますが」

自警団にも声をかけ、交替で隈無《くまな》く見回るのは不可能ではない。

「うむ……」

桂木の提案に、高虎が思案げな声を出したあと、無言になった。

「こりゃあ冬には大量の餓死者が出そうだな。その前に長雨で広範囲が崩れるか。ま、隣の国のことだから、知ったこっちゃねえけど」

「こら、菊七。控えろ」

魁傑に叱られ、菊七が首を竦《すく》める。けれど高虎が見回りの強化に躊躇《ちゅうちょ》するような素振《そぶ》りを見せたのは、まさにそれが原因だ。

流れてくる者を徹底的に排除すれば、日向埼はひとまず安泰だ。しかし大雨が降るたび土砂が流れ、糧《かて》を失い、その上逃げ場を失えば、待つのは死ばかりである。かといって逃げてくる全員を受け容れる余裕は日向埼にもない。限度を超えた流民の受け容れは、隣国との軋轢《あつれき》を生む。現状、隣国からも捕らえて返してくれとの書状が届いているのだ。

「取りあえずの状況は摑《つか》めましたことですし、今後の対策は城に戻って話し合うのがよろしいでしょう。日が高くなるほど、見咎《みとが》められる危険が増しますゆえ」

桂木がここに留まる危険を示唆《しさ》し、全員が頷いた。踵《きびす》を返し、来た道とはまた別の道を選んで下りていくことにする。

徐々に日が差していく山道を歩きながら、夜には見逃していた辺りの酷い有様も明るみになっていく。国境に近いほど、被害が大きかった。新芽も山菜も姿が見えず、相変わらず獣の気配もない。人の営みも大切だが、獣だって命あるものだ。餌を求めて移動し、思わぬ場所に出てくるかもしれない。

隣国側の裾野の被害は、まだこちら側には及んでいないが、長い年月を経て、どのような変化が起こるか分からなかった。

新しく事業を興し、発展著しい日向埼が、大きな問題を抱えてしまったようである。

今後は慎重に隣国とも話し合いを持たなければならない事案だと、そうでなくとも忙しい高虎に、更に困難な仕事が増したことを思い、空良は重い溜め息を吐いた。

様々なことを思案しながら足早に山を下りていてふと、今までとは違う痕跡を見つけ、空良は足を止めた。

「どうした？」

しゃがみ込んで土や辺りの草の倒れ具合を確かめている空良に、高虎が声を掛けた。

「少し気になるものを見つけたのです」

そう言いながら、立ち上がった空良は、更に新しい痕跡を探し、草むらを掻《か》き分けて奥に進んでいった。新しい獣道のような、草を踏み分けた跡がある。兎よりは大きく、猪よりは小さい。山犬か、或《ある》いは狼のように思えるが、この辺りでそれらが生息しているとは聞いたことがない。隣国の被害のせいでこちらへ渡ってきたのだろうか。群れで行動する獣が現れるのは大問題だ。

「でも群れにしては道が小規模ですね。はぐれなのかな？」

伊久琵でも隼瀬浦でも、空良は狼に出会ったことはなく、山犬も旅の道中に少しは姿を見たが、すぐに逃げてしまったのであまり詳しくはない。

目新しい痕跡を辿りながら、更に奥深くに進み、あっと思い、立ち止まった。草むらが終わる小さな広場のようになっている場所に、火を焚いた跡が残っていた。

「なんだ。空良。何か見つけたのか？」

空良のあとを追ってきた高虎に向かい、人差し指を唇にあて、声を出さないようにと指示を出した。

「あの先に人がいるようです。たぶん獣と一緒に」

用心深く前方を探ると、確かに人のようなものの気配がした。それはとても小さく、子どものように思える。或いは大人でも瀕死の状態にいるのかとても弱々しい。同時に獣の気配もした。捕らえられ、餌にされようとしているようだ。

「見てきます」

「俺も行こう」

すかさずついてこようとする高虎を制し、空良は桂木を呼んだ。

「旦那さまの気配は鋭すぎてすぐに気取《けど》られてしまいます。どうかここでお待ちください」

人だけならいいが、そのすぐ側に鋭敏な感覚を持つ獣がいるのだ。高虎の剣呑《けんのん》な覇気にあてられた獣が動転して、側にいる人に危険が及ぶかもしれない。できれば穏便に事を済ませたいが、上手くいかないときでも桂木ならば速やかに対処してくれる。

夜食用にと懐に忍ばせていた干し飯《いい》の残りと、魚の干物の切れ端を携え、空良は慎重に彼らがいる場所へと近づいていった。後ろからは完全に気配を消した桂木がついてくる。相変わらずこの者の隠密の技能には感心する。

音を立てないように細心の注意を払いながら、焚き火跡のある広場に足を踏み入れ、辺りを見回す。焚き火の周りには鳥の骨が散らばっていた。残骸を見るに、少なくとも数日は経っている。広場の奥にはまた木々の密集した地帯があった。獣の気配が濃くなる。あの辺りに潜んでいるようだ。

息を殺し、広場の先へと進む。密集した木々の中に剝き出した根が二股《ふたまた》に分かれた大木があった。

窪《くぼ》みに嵌《は》まるようにして人が横たわっている。それはまだ小さな子どもで、四、五歳ほどの幼児だった。

驚いたのは側にいる獣の様子だ。

子どもを包《くる》むようにして懐に抱いているのは犬だ。灰色の毛並みはあちこちに土がつき、薄汚れている。身体は子どもよりも大きく、顔つきを見ると、かなり年を取っている。投げ出されている後ろ脚には血がこびりついていた。恐らく怪我《けが》をしているのだろう。

子どもを包んでいた老犬が、近づいた空良の気配に気づき、首を擡《もた》げた。低く呻《うな》り声を出し、空良を威嚇《いかく》する。

一歩近づくと、老犬は身体をビクリと跳ねさせ、更に呻り声を上げた。吠えようとしないのは、子どもが目を覚まさないようにと気遣っているように思えた。

「何もしない。安心おし」

優しく声を掛けながら、木の根元に少しずつ近づいていく。老犬は呻り声を漏らしつつも、逃げようとも飛びかかろうともする様子がない。

「良い子だね。その子を守ってくれているんだね。お腹は空《す》いていないかい？　魚と干し飯があるよ。ほら」

手に持った食料を老犬に見せつけながら、更に近づいていった。

灰色の老犬は、警戒しながらも動かない。脚の怪我は血が固まっているのでいつ負ったのか分からず、けれどかなり酷いようだ。

老犬が包んでいる子どもも相当痩《や》せている。胸元で握り締めている指は小さく、腕も足も折れそうに細い。

側まで行くと、饐《す》えたにおいがした。汚れが酷い。いったいどのくらいここにいたのだろう。

空良が差し出した食べ物に、老犬が首を伸ばし、ヒクヒクと鼻を動かした。けれど口にしようとはせずに、空良を見つめたままだ。

黙って佇んでいると、やがて覗き込まれる気配を察したのか、子どもが目を覚ました。ボウッとしたまま目の前にいる空良を見て、直《す》ぐさま飛び起き、後退《あとじさ》りをしようとして、背中にある木にぶつかった。

「大丈夫だよ。酷いことはしないから。ずっとここにいたのかい？ 家族はいないのか？」

驚かせないように静かな声で問うた。子どもは未だ動転しているらしく、目を見開いたまま身体を震わせている。

「魚があるよ。干し飯もある。あげるからお食べ」

食べ物を目にした子どもの表情がようやく変化した。未だに警戒心は持っているが、空腹のほうが勝ったらしい。恐る恐る空良から魚と干し飯を受け取り、まずは魚を口に運んだ。歯で食いちぎった欠片《かけら》を老犬に渡し、一緒に食べている。続けて食べた干し飯は、上手く呑《の》み込めないようなので、水の入った竹筒を渡す。子どもはやはり恐る恐る受け取ると、一気に飲み干した。

「ゆっくり食べな。急いで飲み込むと喉に詰まる。食事は久し振りかな？ ここにはどれくらいのあいだいた？」

夢中になって咀嚼《そしゃく》している姿を眺めながら、空良はゆっくりと子どもの素性を問うた。

「山にはずっといる。この辺りはここ一月《ひとつき》ぐらい」

「ずっと？　ここに来る前にも山にいたのかい？　一人で？　親はどうした？」

「去年の夏は向こうの山にいた。山狩りに追われたんで、逃げてきた。そんとき親とはぐれた」

「山狩りにあったのか。じゃあ、その前はどこにいたのかな？　佐矢間の国？」

「分からねえ」

小さな子だ。自分の住んでいる国の名を知らなくても不思議ではない。それに名もない村はどこにでもある。親は野菜を作っていたというから、小作人だったようだ。

「その犬は？」

「シロ。村を出るとき、なんでか一緒についてきた」

シロというからには本来は白い毛並みなのかと、魚を咀嚼している灰色の犬を見た。

不作か、あの土砂崩れが原因か分からないが、生活に窮して夜逃げをしたのだろう。そして山狩りに遭い、親とはぐれ、それからずっと山の中を彷徨っていたのか。シロという老犬が一緒にいてくれてよかったと思う。そうでなければ一年近くものあいだ、生きながらえるわけがない。

「空良様、いかがいたしますか？」

「うーん……」

空良の後ろから、桂木が囁いた。どうするも何も、心は決まっている。

このまま少量の食料だけ与えて置いていくのはあまりにも不憫《ふびん》だ。犬も怪我をしているし、この子が今日まで無事にいられたことが奇跡なのだ。

迷ったのは、どう説得しようかと考えたからだ。

「お兄さん、そらっていうの？」

この子を連れて帰る算段をしている空良に、子どもが聞いた。僅かな食料でも腹に収まったことで、ほんの少し元気になったようだ。痩《こ》けた頬は変わらないが、目元にほんのり赤みが射《さ》している。

「そうだよ。良い名だろう。わたしの大事な人がつけてくれたんだ。おまえの名は？」

空良の問いに、子どもは思い出そうとするように、斜め上を見上げながら、「捨《す》て吉《きち》」と答えた。

「じゃあ、捨て吉、わたしと一緒に行くかい？」

言い訳や説得は止めることにした。連れて帰りたいから連れて帰る。それだけでいい。

「どこへ？」

「わたしのお家《うち》へ。帰るところがないんだろう？」

「でも……」

子どもの目は、微《かす》かな希望と警戒心で揺れている。

「温かい寝床があるよ。食べ物もたんとある。こんな小さい子が、山で一人で生きていくのは大変だろう?」

「一人じゃない。シロがいる」

「そうだね。利口な犬だ。ずっと守ってくれたんだね」

「うん。……あの、シロも一緒?」

窺《うかが》うような瞳に、空良はニッコリと笑い、「もちろんだ」と力強く答えた。

「怪我をしているから、手当てをしないといけない」

「うん。一月前の山狩りから逃げるとき、鋤《すき》で刺されたんだ」

聞けば、それまでは山の向こう側に隠れ住んでいたが、山狩りに遭い、ここまで逃げてきたらしい。捕らえられそうになった捨て吉を庇ったシロが怪我をしてしまったのだ。

「じゃあ、行こうか。向こうに人が待っている。ちょっと見た目が怖い人もいるけど、みんな優しいから、安心して」

手を差し伸べると、捨て吉はおずおずと空良に摑まった。シロも立ち上がり、捨て吉を守るように寄り添っている。

手を繫いでしばらく歩くが、捨て吉の足が覚束《おぼつか》ない。栄養のまったく足りていない身体は、本当に限界のようだ。

了承を得てから、空良は捨て吉を抱き上げた。思っていた以上に軽く、汚れた身体はとても臭う。

「空良様、私が運びましょう」

桂木がそう言ってくるが断り、皆の待つ場所へと歩いて行く。シロも怪我をした後ろ足を庇いながら、ヒョコヒョコとついてきた。

幼児を抱いて戻ってきた空良に、高虎たちが目を丸くした。

「こんな子どもが一人で山にいたのか？　……まさか捨て子か？」

捨て吉を気遣ってか、高虎が後半を小さな声で囁く。

「たぶん佐矢間からの流民だと思います。山狩りに遭い、親とはぐれたそうで」

空良の説明に一同が納得し、同時に労《いたわ》しそうな表情になる。

「旦那さま。空良はこの子を連れて帰ります」

空良の断固たる声に、一瞬当惑の色を浮かべた高虎は、すぐに表情を改め、「分かった」と言った。

「ここで会ったのも何かの縁だな」

「捨て吉という名だそうです」

「そうか。よろしくな、捨て吉」

高虎が笑顔を作り、捨て吉に話し掛ける。いきなり大勢の武人に囲まれてしまった捨て吉は、目を見張りながら小さく頷き、それから空良の首にしがみついた。

「へえ、おまえ、捨て吉っていうのか。そら吉に似てんな。っていうか、おまえ、滅茶苦茶臭えぞ」

「おい」

ゴン、という音と共に、菊七の頭にゲンコツが落ちる。

「おまえだって拾った頃にはこんな有様だったぞ」

「まさか。おれはこんな貧相じゃねえよ。一緒にすんな。……と、犬、なんか文句あんのか？あん？」

足元にいたシロが唸り声を上げている。

「賢い犬ですからね。菊七さんの悪口が分かったんですよ」

「犬のくせに生意気だな。つうか、おまえも汚いな。こっち寄るな」

菊七の悪態に、シロが「ウォン！」と吠え、菊七が飛び上がる。

「驚かすなよ！　馬鹿犬め！」

「おまえよりも賢いんじゃないか？」

「兄貴、酷いこと言うなよ」

賑やかに騒ぎながら、山の道を下りていく。初めは怯《おび》えていた様子の捨て吉も、菊七がシロに吠えられたあたりから、徐々に解れてきたらしい。高虎や空良の問いに答える声も、先ほどよりははっきりしている。

「なんと。一年近くも山に隠れ住んでいたのか？　一人で？　いや、シロと二人で」

「親とはぐれてしばらくした頃、マタギのじいちゃんの小屋を見つけて、住まわせてもらった」

詳しく聞けば、捨て吉はずっとシロと二人きりでいたわけではなく、山狩りに遭ったあと、運良く猟師に拾われ、世話になっていたらしい。

「罠の仕込みや、火の焚き方とか、食える草とか教えてもらった」

猟師は捨て吉の素性には触れず、山での生活の仕方を仕込んでくれたらしい。そこで半年ほど暮らしていたが、ある冬の日に、猟師は猟に出掛けたまま、戻らなかったのだそうだ。恐らくは崖からでも落ちたか、獣に襲われたか、どちらにしろ生きているとは思えなかった。

そうして主のいなくなった小屋で、しばらくはシロと二人で過ごしていたが、猟師小屋の近くまで山狩りが迫ってきたのだそうだ。小屋に子どもが一人でいるのはいかにも怪しく、絶対に捕らえられると踏んで、捨て吉は泣く泣く小屋から出たそうだ。

それからは山の中を転々とし、猟師に習った罠を仕掛け、小動物や鳥、魚などを獲りながら過ごしていたのだという。

「凄いな。山での生活の知恵は、空良にも負けないのではないか？」

「わたしよりもずっと賢いです。それに根性もある。こんなに小さいのに、よく生き延びましたね。捨て吉は偉い」

空良が褒めると、捨て吉は初めて笑顔を見せた。目ばかりが大きい痩せ細った姿だが、笑顔がとても可愛らしい。

捨て吉の話しぶりを聞いていて、見た目よりもだいぶ年齢が上ではないかと思う。見た目通りなら四、五歳か、行っても六歳ほどだが、本当はそれよりも三歳は上なのではないかと推測する。たぶん栄養が行き届かず、成長が止まってしまったのだろう。年を聞いてみるが、本人も曖昧《あいまい》なようだ。


子どもと怪我をした老犬を連れての山歩きは、行きよりも時間が掛かり、途中何度も休憩を取りながら、ようやく夕方前に城に辿り着いた。

運び手を交替しながら、ずっと抱かれたまま移動していた捨て吉は、今は空良の腕の中で寝息を立てている。

汚れた子どもと老犬を連れ帰った空良たちを迎えた城の者たちが仰天した。城主と一緒に奥座敷に入ることに難色を示す。

「使用人の部屋でよいのではないですか。それに犬も中に入れるなど……」

「俺がいいと決めた。今はこれらを引き離すのはよくないと思うのだ。それに子どもは空良に懐いている。知った顔が誰もいない場所にいきなり放り込むのは可哀想だろう。勝手をしてすまないが、ここは通させてくれ」

城主がそう言うのであれば、家臣たちは何も言えない。子どもを抱いた空良と汚れた老犬を連れ、高虎は堂々と城の中に入っていく。

城主の住む奥座敷に着き、布団などの用意をしてもらっていると、捨て吉が目を覚ました。見たこともない城の様相にオロオロしていたが、空良と高虎とでなんとか宥《なだ》め、ようやく落ち着かせた。

シロも屋敷の中に入れ、捨て吉の布団のすぐ側に寝床を作った。魁傑と桂木に足の怪我の手当てを施してもらい、食べ物も与えた。

捨て吉にも胃に優しい粥《かゆ》や炊き物を与え、軽く身体を拭いてやってから、早々に布団に入れた。これまで溜《た》めてきた疲労が、安心できる場所に来たことで一気に噴き出したのだろう。身体を拭かれながらもコックリコックリと船を漕ぎ、布団に入ったらすぐに寝入ってしまった。それでも時々ハッとしたように目を覚まし、その度にシロの姿を確認し、安心してまた目を閉じるのだった。

「連れてきてよかった。今朝見つけられて本当によかった」

寝息を立てる稚《いとけな》い顔を眺めながら、空良は心からの声を呟く。捨て吉を見つけたとき、彼の命の気配は本当に薄かった。あと数日、もしかしたら一日でも遅れていたら、助からなかったかもしれない。

「そうだな。こんな小さな身体でよく生き延びたものだ」

親に連れられ村を飛び出し、山狩りでその親ともはぐれた。運良く猟師に拾われたが、その人とも半年で別れることになり、その後も過酷な逃亡生活を続けた。逃げるぐらいだから、村での生活も相当厳しかったのだろう。成長を止めてしまったような身体は、この一年で急激に作られたわけではないのだから。

空良も過酷な幼少時代を経験しているが、捨て吉に比べれば生易しいほどだと感じる。唯《ゆい》一《いつ》の救いは、逃亡の初めからシロという相棒がいてくれたことだろう。

「我が儘を通してすみません。聞き入れてくださりありがとうございました」

高虎がすんなりと承諾してくれて助かった。たとえ反対されても強行して連れ帰るつもりだったから、喧嘩にならずにすんでよかったと思う。

「連れて帰りたいではなく、連れて帰ると言ったからな、おまえは」

我が儘を聞いてくれた礼を言う空良に、高虎はそう言って笑った。

「あ、これは絶対に引かないやつだと即座に思った。一瞬迷いはしたが、この寝顔を見れば、連れて帰ってよかったと思う」

「そうですね。この子を見つけたとき、他人事《ひとごと》とは思えなかったのです」

老犬と寄り添い、懸命に生きている姿に胸が詰まった。捨て吉という名に思うところがあったのも事実だ。

「この子の名を聞いたとき、どうあっても連れて帰らなければならないと思ったのです。過酷な環境から救いだし、幸せにしてあげなければならないと、とっさにそう思ったのです」

捨て吉という名は農村などではごくありふれたものだ。日向埼の村でも幾度か耳にしたことがある。空良も生まれ故郷では「捨」と呼ばれていた。空良の場合は、名ではなく呼びやすい記号として扱われていただけだったが。

あの山で捨て吉と出会い、その名を聞いたとき、不思議な縁を感じたのだ。この子を救うのは自分だと、そんな思いが胸に浮かんだ。

「空良が旦那さまに幸福を与えられたように、次はわたしがこの子に幸福を与えたいと思ったのです」

空良の決意の籠《こ》もった言葉を、高虎は穏やかな表情で聞いてくれた。

「そうか。ならば存分に幸福にしてやればいい。おまえにはそうしてやれる力があるのだからな。俺も協力しよう」

そう言って、安らかに寝入っている捨て吉を眺め、「おまえは幸運だな」と、その小さな顔を、そっと撫でてあげるのだった。

「……他にも捨て吉のような者が、あの山の向こうにいるのでしょうか」

高虎は、空良と巡り会えた捨て吉を幸運だと言った。空良もそう思う。けれど巡り会えなかった他の者は、どうなるのだろう。

民が逃げるのは隣国の事情だ。こちら側から口を挟むべきではないと分かっているが、それでも関係ないと捨て置く気にはどうしてもなれない。

「大勢いるのでしょうか。これからもっと増えていくのでしょうか」

春が終われば長雨の季節がやってくる。土砂崩れの被害が出るのは確実だ。あの有様では病が流行《はや》るのではないだろうか。そして過酷な冬が過ぎた頃、いったいどれくらいの人々が、生き残れるのだろう。

「早々に詮議しなければならない項目が増えたな」

「ええ。これからますます忙しくなりますね」

可哀想だという感情だけでは動けないし、動いてはいけない。ときには厳しい選別をしなければならないこともあるだろう。けれど、手の届く限りは救ってあげたい。

捨て吉の寝顔を二人で眺めながら、これからのことを考える。スヤスヤと安らかな寝息を立てる捨て吉の横で、シロもじっとしたままその寝顔を見つめていた。

捨て吉を連れて帰ってから十日が過ぎた。

空良たちと共に日向埼城での生活を始めた捨て吉は、急激な環境の変化に戸惑っていたが、それも段々と落ち着いてきた。山での過酷な逃亡生活は、捨て吉の身体をかなり蝕《むしば》んでいたようで、熱を出したり腹を壊したりと、数日は寝たり起きたりの生活を繰り返した。負担にならないように初めは腹に優しい柔らかい食べ物を与え、徐々に慣らしていく。海魚を食べたことがなかった捨て吉は、魚の身を解した湯漬けを喜んで食べてくれた。

五日もすると、寝てばかりいるのに飽きたらしく、空良のあとをついて回るようになった。空良には心を許してくれているが、他の大人たちに対しては、まだ恐怖があるようだ。特に武器を所持する武人を目にすると、身体を強張らせる。山狩りで何度も追われた恐怖が刷り込まれているのだろう。

身体の細さは変わらないが、それでも多少頬の辺りがふっくらとし、顔色も良くなってきた。湯殿に連れていき、綺麗《きれい》に洗ってやったので、汚れも臭いもなくなった。今はまだ少々つり目気味の目ばかりが目立つ顔つきだが、肉がついてくれば印象も変わってくるだろう。こちらを観察するようにじっと見つめてくる瞳は見た目の幼さに反して理知的だ。最近では頻繁に笑顔も見せてくれるようになり、そんな顔は子どもらしくて可愛らしいと思う。

シロの後ろ脚は、きちんと手当てをしたが、完全には治らなかった。傷を負ったのが一月以上も前で、ここに来るまで碌《ろく》な手当てができなかったのだ。ヒョコヒョコとした歩き方は難儀そうだが、食欲は旺盛なので、ひとまず安心だ。湯殿に一緒に連れていくのは流石《さすが》に憚《はばか》られ、水桶を用意して庭で洗ってやったら、名前の通り白い毛皮が姿を現した。年を取っているからなのか、それとも元来の性質なのか、無駄吠えをすることもなく、とても大人《おとな》しい。

捨て吉が言うには、だいぶ昔から村の中を徘徊していたようで、いつしか捨て吉と仲良くなり、家族の夜逃げについてきたのだそうだ。空良たちを捨て吉の保護者と認めているのか、信頼を寄せてくれるのが分かる。利口な犬だ。

朝に行われた詮議を終え、評定《ひょうじょう》の間から空良が庭に下りてくると、待ち構えていた捨て吉が、走ってきた。両手を広げる捨て吉を抱き上げてやり、縁側に座る。

「そらさま、お仕事は終わった？」

「ええ、朝議はね。休息を取ったら、また別の詮議がある」

「そうかぁ」

遊んでもらいたかったのか、落胆した声を出す捨て吉に、「ごめんね」と謝った。

「わたしと遊びたかったか」

「うん。でも平気だ。シロがいるから」

寝込んでいた捨て吉が回復した頃から、シロは奥座敷を離れ、今いる庭に寝床を作っている。もともと野良犬だったこともあり、捨て吉に心配がなければ、外のほうがよかったのだろう。自分から庭に出て行き、寛《くつろ》ぐようになっていた。

「お、集まっているな」

捨て吉を膝に乗せたまま庭を眺めていると、高虎と魁傑がやってきた。詮議とは別口の報告や相談事などが城主にはあり、空良は一足早く捨て吉のもとへ飛んできたのだ。

「睦《むつ》まじい光景だのう。妬《や》けるぞ」

捨て吉を膝に乗せている姿に、高虎が笑って言う。

「子どもにまで妬かないでくださいませ」

「何を言う。捨て吉だって立派な男じゃ。当たり前に妬くだろう。捨て吉、おまえが座っているその場所は、実は俺の専用なのだぞ？　少し貸してやっているだけだからな」

「打ち合わせはすべて滞りなく終わったのですか？」

子どもも相手に大人げない悋気《りんき》を働かせる高虎を受け流し、話題を変えた。

「難しい案件などありましたか？」

「難しい案件もあれば、順調という報告もあった。なに、すべてが上手くいくわけではないからな。いつも通りだ」

決めなければいけないことは山ほどあり、一つ一つを吟味し、着実に進めていかなければならない。

空良が退出してからのことを聞いていると、昼餉《ひるげ》の支度が調ったと家臣が伝えにきた。

「ああ。せっかくだからこちらに運んでもらおうか。今日は陽気もいいし、庭を眺めながら食そう」

高虎の提案に賛成し、昼餉を運んでもらう旨を伝えると、捨て吉が自分も運ぶと言って、台盤所《だいばんどころ》へ走っていった。シロのために餌や水などをもらいに行っているうちに、向こうで働いている者たちと親しくなったらしい。

元気よく走っていく捨て吉の背中を笑顔で見送る。少しずつ子どもらしさが出てきた捨て吉の姿が嬉しいと思う。

「自分から動こうとするのは感心ですな」

魁傑もそんな捨て吉の様子に目を細めている。

「馴染もうと努力しているのだな。利発な子だ」

保護されている状況に甘えきらず、役に立つことで居場所を作ろうとしているのだろうと、高虎が言った。

「佐矢間のほうからは、色よい返答がもらえませんでしたね」

捨て吉の姿が見えなくなったのを見計らい、空良は先ほどの詮議で上がった話題を口にした。以前、流民がそちらに流れているから捕まえて返してくれという書状が届いた。それに対してこちら側からも、捕縛して返そうにも人数が多く、負担が大きい、まずは先方で流民を出さないよう処置を願うという返答をしたのだ。

しかし再度佐矢間から送られてきた書状には、こちら側の要望への答えはなく、以前と同じように、流民を返せという訴えが繰り返されるだけで、その上、移り住んだ流民の相当分の金銭まで要求してきたのだ。

あまりにも厚顔無恥な要求に、皆で頭を抱えたのだった。

「理不尽にもほどがあり申す。喧嘩を売っているのですかな？　望むところでありますが」

魁傑などは、舐《な》めた態度は宣戦布告だと断じ、隣国に攻め入るべきだと鼻息を荒くしている。武力の差はこちらのほうに分があり、勝てる戦ではあるようだ。

しかし戦に勝利して隣国を手に入れても、今のあの国ではまったく旨味《うまみ》がない。却って負債を負うようなものだ。それに佐矢間の後ろ盾には、大国の丹波の国が控えている。敵に回せば、小競り合いでは済まない大戦《おおいくさ》に発展してしまう恐れがあるのだ。それらが難点となり、これといった解決策が出ぬまま保留となっている。

「佐矢間の当主は代わっておらぬのだな？」

「ええ。そのように聞いております。菊七からの報告にもそのような事実はございませぬ。先代の当主の嫡男が跡を継ぎ、すでに十年は経っているかと」

菊七には隣国の調査を依頼している。山の視察から帰ってすぐに出立したらしく、すでにいくつかの報告が上がっていた。

因《ちな》みに、捨て吉の家族の消息も調べているが、貧しい小作人一家の詳しい状況を辿るのは困難で、……ただ、捨て吉が最初に遭遇した山狩りでほとんどの逃亡者が捕まり、見せしめのための過酷な労役を課せられ、ほぼ全員が命を落としたということは分かっていた。本人にそのことは伝えていないが、なんとなく察している様子はある。

「そうか。昨年取引をしたときと同じ当主なのだな。交易をするにあたっての交渉では、それほどおかしな点はなかったように思ったが」

材木の融通を断られた一件で、多少のわだかまりもあったが、向こうからの働きかけがあり、お互いに割と良い条件での取引が成立している。交渉は綿密に行われ、佐矢間のほうからも歩み寄りの姿勢が見られたので、これまで隣国の印象はそう悪くなかったのだ。

それがこの春になって突然流民の問題が勃発し、皆で首を傾《かし》げる事態となっている。

「まあ、飯を食ってから、また午後の詮議で話し合おう」

高虎が話を締めたところで、捨て吉たちが昼餉の膳を運んできた。

縁側に膳を並べ、昼餉をいただく。野菜の汁に魚のすり身を丸めた団子が入っており、磯の風味を楽しんだ。シロもぶつ切りの魚の入った汁飯をもらい、空良たちの足元で食べている。

陽射《ひざ》しは明るく、日向埼ではそろそろ初夏の装いだ。本格的に暑くなる前に、目処《めど》を付けておきたい項目が並んでいる。

食事を楽しみながら、空良は魁傑も交え、高虎と今後のことをポツポツと相談し合った。

「自警団の詰め所がもう少し欲しいですね。人員も増やしたいところです」

「地元の民と余所の者との軋轢は、どうしてもなくなりませんな。職人などは、自分のやり方を頑固に通しがちです」

多種多様な輩が集まれば、己の主張を力任せに通そうとする者も出てくる。元からいる者たちにすれば、もともとこれで上手くいっていたのだからと、新しいやり方に反感を持つことも多々ある。お互いに折り合いをつけるには、まだ時間が掛かりそうだ。

「繁忙期がすぎた頃に、お祭りでも開催しますか。以前峨朗丸《がろうまる》さまたちがいらしたとき、港で酒盛りをして、あれで打ち解けたではないですか。あそこまで大仰に騒ぐ必要はないですけど、城から酒を振る舞うなどして、交流を図ってはいかがでしょう」

「おお、手っ取り早く打ち解ける場を与えるのは、良い案だと思いますぞ」

空良の思いつきに魁傑が賛成し、高虎も楽しそうだと目を輝かせた。市を開いたり、夜店を並べたり、菊七の一座を呼んで、外での出し物をさせるのはどうかなど、さまざまな意見が飛び交った。

「よし、これも午後の詮議の題目にあげよう」

明るい雰囲気で昼餉が終わり、次の詮議の刻《とき》までそのまましばし食休みをする。

捨て吉もとうに食べ終わっており、今は庭に下りてシロと戯れていた。高虎は空良の膝が空いたと言って、膝枕を借りて縁側で寝転んでいる。

「陽気がいいので眠くなるな」

「寝ていてもいいですよ。時間がくれば起こします。ここのところ忙しいですものね。お身体が心配です」

「なに、これくらいで弱るような鍛え方をしておらぬ。そなたこそ、普段の仕事に加え、捨て吉やシロの世話が増えただろう？」

「楽しんでしていることなので、まったく疲れません。とても充実しています」

「そうか。それならいいのだが」

「隼瀬浦にいたとき、ふくを拾って介抱したでしょう？　あのときを思い出しました」

「ああ、あれは大変だったな。交替で寝ずの番をした」

怪我をしたふくを拾い、屋敷に連れ帰ったが、ふくは当時弱り切っており、誰もがもう助からないと悲観したものだ。

高虎は空良が傷つくのではないかと気を遣い、魁傑も少しでも体力をつけさせようと、餌取りに奔走した。

懸命の看護の甲斐《かい》あって、ふくは元気になり、今は家族までできた。そのうちここにも遊びにきてもらいたい。

膝枕をしたまま、夫婦で隼瀬浦の思い出話をしていてふと顔を上げると、シロを横に伴った捨て吉が、こちらを見ていた。不思議そうに首を傾げ、睦まじい夫婦の姿を眺めている。

「どうした？　捨て吉。今空良の膝は俺が使っている。まだ貸さないぞ」

「旦那さま」

大人げない主張をする夫を諫《いさ》めるが、「俺の嫁だからな」と、尚も捨て吉を牽制する。

「そらさまは城主さまのお嫁さまか？」

捨て吉の問いに、高虎が堂々と「そうだ」と答える。

「俺の唯一の伴侶だ」

いつのときも揺らがない高虎の言動だが、捨て吉には不思議なのだろう。子どもの素直さをそのままに、「男どうしなのに？」と疑問をぶつけ、周りを慌てさせている。

たしなめようとする家臣に向け、高虎は空良の膝に頭を置いたまま、「よい」と制した。

「男同士で夫婦は不思議か？」

「うん。おっ父の嫁さんはおっ母だった。村でも男どうしの夫婦は見たことない。おれ、嫁は女だけだと思ってたから、びっくりした」

明け透けな答えに、空良は高虎と顔を見合わせて笑う。

「身分の高いひとだから、男の嫁さまをもらうのか？」

「身分は関係ないな。俺は空良に惚《ほ》れたから嫁にした」

「そうか」

「納得したか？」

高虎の問いに、捨て吉は「うーん」と首を傾げたまましばらく考えたあと、「分かんねえ」

と、あっけらかんと答えた。

「でも、そらさまはやさしいし、男でもきれいだから、嫁さまでもいいと思う」

「分かっているではないか。だがそれだけではないぞ？　誰よりも美しく、心根が優しく、その上強くてうんと賢い。これほどの才を持つ者は他にはいない。三国一の嫁様じゃ」

「すげえな！」

「凄いだろう。羨《うらや》ましいか？」

「うん！」

「しかしおまえにはやらんぞ」

嫁に膝枕をされたまま、嫁自慢をし、最後には牽制する高虎だ。

「旦那さま、子ども相手にムキになるものではありませんよ」

放っておくと、止めどなく惚気《のろけ》を言い募る高虎を諫めるが、高虎はいつものようにどこ吹く風で「子どもであろうときちんと楔は打っておかなければならん」と、真面目《まじめ》な顔で言うのだ。

辺りに呆れた空気が漂い始めたとき、突然シロが「ウォンッ」と、大きく吠えた。続けて威嚇をするように何度も吠え立てる。

シロの突然の咆哮《ほうこう》に、皆がどうしたとその様子を見つめる。まさか城のこんな奥に敵が現れるわけはあるまいが、魁傑が高虎と空良を庇うように前に立ち、険しい目をして辺りを見

回す。

高虎が身体を起こし、空良も庭のあちこちに目を配るが、敵らしい気配は見つけられない。シロが上空へ向けて吠えているのを見て、空良も上に視線を飛ばした。

空の高いところで、何かがグルグルと旋回している。鳶《とび》がよく上空を横切っていくが、今飛んでいるのは違う鳥だ。

「あっ！　あれ、ふくです。シロ、吠えるのを止めて。あれは敵じゃないから」

急いで庭に下りていき、吠え続けるシロの首を抱き込み、止めさせようとした。シロは空良の命令に従い一旦吠えるのを止めるが、それでも気になるようで、「オン、ゥォン」と、小さく鳴いている。

捨て吉にシロを頼み、空良は少し離れた場所へ行き、大きく腕を振った。ふくはゆっくりと旋回しながら高度を落とし、やがて空良の腕の上に留まった。

「驚いた。ふく、よく来たねえ」

空良の歓迎の声に、ふくは首をクルクルと回しながら、例の独特な鳴き声を上げている。

昨年貞虎が日向埼を訪れたときに、ふくも連れてきたからここの場所は覚えている。一月ほど前に隼瀬浦から戻ってくるときも、随分遠くまで見送ってくれたものだ。

「遠かったろう。さっきふくの話をしていたんだよ。こんな偶然もあるんだね」

もしかしたら貞虎からの文を運んできたのかと、足を確かめてみるが、何もなかった。単純に遊びにきてくれたらしい。

　ふくを腕に留まらせたまま、高虎たちのいる場所まで移動した。捨て吉はしっかりシロを押さえていて、シロも空良の態度で敵ではないと理解したのか大人しくしている。お互いに驚かないように、空良はゆっくりと捨て吉とシロの側まで歩いて行く。

「この子はね、ふくというんだ。高虎さまの故郷の隼瀬浦で、怪我をしていたところを拾って、育てたんだよ。凄く賢い子だから、仲良くしてあげて」

　間近で梟を見るのが初めての捨て吉は、目をまん丸にしてふくを見つめている。シロも完全に警戒を解いており、尻尾を揺らしていた。

「怪我してたんだ。おれらと一緒だね。拾ってもらってよかったね」

　そう言って恐る恐るふくの顔を覗き込む。ふくは愛嬌たっぷりに首をクルクルと回し、捨て吉が驚きの声を上げている。

　お互いに紹介が済み、ふくを交えてしばらく遊んだあと、空良たちは午後の仕事のために庭をあとにした。ふくも空良の肩に乗ってついてきたが、城の中は面白くないらしく、すぐに飛んで出掛けてしまった。

　そして夕刻近くになり、空良が再び庭に行くと、ふくはまだ庭にいた。捨て吉が地面を棒で引っ掻いて、絵を描いている。それをシロとふくとで覗き込んでいる姿があった。

　三人はすっかり仲良くなったようで、ふくはシロの頭の上に乗っている。捨て吉が何か話すたび、相槌《あいづち》を打つように、首をクルクルと回していた。

初夏が過ぎ、完全な夏が到来した。

陽射しは肌を刺すようで、生ぬるい潮風が身体を重くする。

風通しの良い屋内に籠もって涼んでいたいところだが、そういうわけにもいかず、空良は照りつける陽射しのなか、領内の視察のために馬に乗っていた。

愛馬谷風の上には、空良と共に捨て吉も乗っている。ずっと城の中にいるのも退屈だろうと連れてきたのだ。今日のお供はいつものように桂木と、それにふくだ。出掛けようとしているところにどこからか飛んできて、捨て吉の頭に留まったまま一緒についてきた。

ふくはこちらに移り住むことに決めたのか、ずっと日向埼に滞在していた。二、三日姿が見えないときもあるが、気がつくと庭で捨て吉やシロと戯れたりしている。随分打ち解けたようで、しょっちゅう一緒にいる姿が見られた。シロに守られていたこともそうだし、捨て吉は空良同様、動物に好かれる気質を持っているのかもしれない。

城下町へ下りると、酷暑にもめげずに町は賑わっていた。空良たちの姿を見ると、笑顔で挨拶をしてくれる。毎回いちいち膝をつかないでくれと頼んでいるので、挨拶は気安い。一緒にいる捨て吉を見て、菓子を渡してくれたり、ふくの姿に目を丸くしたりしている。

自警団の詰め所に顔を出し、変わりはないかと尋ねると、まずは詰め所の数を増やしたことに礼を言われた。前までは拠点となる詰め所の数が足りずに、巡回が偏っていたのが、範囲が広がってよかったという。その代わり、今まで目の届かなかった場所での小競り合いの仲裁などが増え、忙しさも倍増したらしい。

やはり人が増えたことで、あちこちで問題が起こっている。悩ましいところだ。

詰め所に待機中の人々を労い、外へ出て視察を続ける。

様々な商店が並び、呼び込みの声や、値切り合戦をする声などを聞きながら、空良は谷風に乗ったままゆったりと進んでいった。

活気ある街並みのなか、建物の陰に座り込み、何をするともなく行き交う人々を眺めている者がいる。地面に筵《むしろ》を敷いて、欠けた器を前に置き、物乞いをしている者の姿もあった。新地にやってきても上手く職にありつけずにあぶれてしまった者だろう。職を与えてやっても、続かずに物乞いに戻ってしまう者もいるそうだ。自警団主催で炊き出しもしているが、すべての人を救えるわけではない。

町の一角で馬を下り、路地へと進んでいく。こちらにも職にあぶれた者たちが多く座り込んでいた。力のない瞳が空良を見上げてくる。空良は捨て吉の手を握り、それらの前を足早に通り過ぎた。

子どもに見せる光景ではなかったと、捨て吉を連れてきたことを後悔するが、ここを通らないと目的の場所までいけなかったから仕方がない。このまま放っておけば町がどんどん荒れてしまう。早急に対策を立てないといけないと決意しながら、道を急いだ。

路地をいくつか曲がり、また広い通りに行き着いた。突き当たりに比較的大きな小屋があり、色とりどりののぼりが立っている。菊七の所属する旅の一座の芝居小屋だ。

以前は臨時の掘っ立て小屋を使っていたが、恒常的に使えるようにと、ちゃんとした小屋を昨年建てた。芝居は毎回好評で、題材の多くがここ日向埼の領主に関するものなので、一座はいつしかここを拠点とするようになっていた。

木戸番《きどばん》に声を掛け、気安い足取りで裏口を通る。屋内が嫌いなふくは、中に入らずどこかへ飛んでいった。

見慣れた暖簾《のれん》を潜《くぐ》ると、一座随一の人気者が、支度をしているところだった。

着物を背中半分まで下ろし、立て膝をついて化粧を施している。空良たちの訪問に、こちらを振り向かないまま「よう、そら吉」と、陽気な声を上げた。

「芝居を観に来たのか？　あと一刻《いっとき》あとだぜ？」

「いいえ。戻ってきていると聞いたので、顔見せに」

菊七には隣国の調査を頼んでいる。近場での仕事なので、たまに戻ってきては芝居に出演し、また出掛けていく。主役を張るのは菊七一人ではないため、こうしたことができるのだ。間諜の仕事を滞りなくするための、旅の一座という役割もある。

「お、いつぞやの汚《き》ったねえガキも一緒か。ふうん。見られるようになったじゃねえか」

相変わらず口の悪い菊七だったが、言われた捨て吉は、ポカンと口を開けたまま菊七を見つめていた。

「なんだよその阿呆《あほ》づらはよ」

「菊七さん、口がすぎますよ」

「阿呆は阿呆だろうがよ。なんだ？　化粧が珍しいのか？　別嬪《べっぴん》だろ？」

捨て吉がコクリと頷き、菊七が豪快に笑った。化粧を施した綺麗な顔と、乱暴な口調がまったく合っておらず、捨て吉は未だに口を開けたまま、その姿に釘付けになっている。

「おら、口閉じろよ。虫が入るぞ」

そう言って菊七が、捨て吉の口に赤飴《あかあめ》を放り込んだ。突然飴を放り込まれ、その甘さに捨て吉が目を白黒させている。

「隣国の調査、ご苦労さまです」

「ああ、近いからよ。いつもより楽だぜ。なかなか面白いことになってるし」

「面白いこと？」

詳しい報告は明日にでも送ると言い置きながら、菊七は隣国で見聞きしたことを話してくれた。

空良たちが山の視察で見た通り、今隣国佐矢間は山を無計画に切り崩したせいで、窮地に追い込まれている。

山の良質な木を輸出することで、田畑などの面積は狭くとも、これまで大いに潤っていたそうだが、ここ十年ほど前から様々な問題が発生し、今のような有様になってしまった。

「ここ十年でですか」

「ああ、今の当主が跡を継いでからだな。けっこうな暴君らしいぞ」

先代のやり方を踏襲した統治を推奨する周りに反発し、いろいろと無茶な改革をしているようだ。

「兄弟家臣揃って必死に抑えていたんだが、先代が亡くなってからは聞く耳持たずだってよ」

特に争いもなく嫡男が順当に跡目を継いだ。先代から続く優秀な家臣も多くいて、昨年日向埼との交渉で表に立ったのも、そのうちの一人のようだ。

先代の威光が残っているうちはまだなんとか抑えられていたが、四年前に先代が亡くなってからは、その抑えも利かなくなったようだ。

仲の良かった弟を意見の食い違いから、謀反の疑いありと断じて殺害。口うるさい家臣は降格させ、ときには不敬罪で自害させた。主産業だった林業についても、更に収益を上げようと、どんどん伐採させていく。意見をすれば遠ざけられ、最悪は処罰されるので、誰も何も言えない状況に陥っているらしい。

「お隣の国がそんなことになっていたなんて、まったく知りませんでした」

「表沙汰《おもてざた》になってないのは、周りが躍起になって隠していたからだろうよ」

代々国に仕えていた家臣たちも、とうとう支えきれなくなったのだろうと菊七が推察する。

「それでは、流民問題の向こうでの解決は望めませんかね……？」

「無理だろうな！」

明るい口調で絶望的な台詞を菊七が言う。

「これからも流民は増え続けるだろうな。先の長雨で、また村がいくつか埋まったし」

心配していた長雨による土砂崩れが、やはりあったのだ。復興するにも被害が広範囲すぎて、まったく進んでいないという。

「それに逃げてんのは領民だけじゃねえしな」

「え……？」

長年仕えていた家臣たちも、当主に見切りをつけ、出奔する者が出始めているらしい。

「そんで当主が怒り狂っちまってよ。幾人かは幽閉されてるって話だぞ。逃げる前から『おまえ、裏切るつもりだろう』って捕まえて、牢ん中だと」

「それは……酷い」

あまりの暴君振りに青ざめる空良に、菊七は「なあ、本当酷いよな」と、他人事のように笑っている。

豊かな資源で栄え、大国を後ろ盾に持つ佐矢間は、山に囲まれた地形も幸いし、今まで略奪の日にも遭わずに長い間平和を守っていた。

それが一人の暴君の出現で、その平和が崩されてしまったのだ。

彼らの落胆はどれほど深かっただろうと、その心情を思い、空良は俯いてしまう。

「おまえもとんだ殿様のいる国に生まれたもんだ。逃げ出せてよかったな」

口の中で赤飴を転がしている捨て吉の頭を、菊七が乱暴な仕草で撫でている。急に話し掛けられた捨て吉は、なんのことか分からず、キョトンとした。

「領民は主を選べねえからな。逃げるか、逃げ切れずに死ぬか、諦めて死ぬしかねえ」

菊七の残酷な言葉に、けれど空良は否定することができなかった。

無能な領主の犠牲となるのは、いつだって弱い立場の者たちだからだ。

「まあ、今んところこんなもんだ。四、五日はここにいるが、また向こうに行ってくるからよ。新しい情報も出てくるだろうし」

「ええ、お手数ですが、お願いします。菊七さんの持ってくる情報は、本当に頼りになりますから。ありがたいです」

空良が丁寧に頭を下げると、菊七は「まあな」と、得意げに笑い、空良にも赤飴をくれた。

「どうせなら芝居観て行けよ。今夜のはそら吉が主役のやつだぜ？」

「遠慮しておきます」

「なあ、捨て吉、ご城主様とその女房の武勇伝、観てみたくねえか？」

菊七の誘いに、捨て吉が目を輝かせて「みたい！」と叫ぶが、それは許してあげられない。

菊七扮する「そら吉」は、回を重ねるごとに神格化されており、いたたまれない。

「そらさま、おれ、そらさまのお話がみたい」

「ええと……。それは無理かも」

「そら吉、意地悪すんなよ」

「意地悪ではありません！」

「おれはそらさまのお話、みられない……？」

捨て吉にしょんぼりとされ、空良は慌てた。その後ろでニヤついている菊七の顔が憎たらしい。

結局捨て吉の懇願と、菊七の余計な後押しに負け、一座の一番人気の題目を、捨て吉と共に観ることになり、張り切った菊之丞《きくのじょう》の渾身《こんしん》の芝居に赤面し、逃げるようにして城に帰る羽目になるのだった。

それからまた半月ほどが経った。暑さは衰えることなく、ジリジリとした陽射しが領地を焼いている。

そんな炎天の下、空良は滴《したた》る汗を拭《ぬぐ》いながら、海岸線に続く松林を見つめていた。日向埼にやってきた当初、海風を少しでも和らげるために作った防風林だ。

苗木の状態で植えた松は、まだそれほど大きくはない。もともとあった松の木も、強い海風によって、皆同じ方向に傾いだまま生えている。これらが立派な風の楯《たて》となるには、まだ数十年と掛かるだろう。

成長途中の松林のあいだでは、人々が風よけの囲いを補強したり、松枯れを起こした木を間引きしたりとそれぞれ働いている。

働き手は、孫次たち三人衆の声掛けで集まった地元の人々に加え、余所から流れてきた者も多くいる。職もなく地べたに座っていた者たちを自警団が連れてきた。勘定方《かんじょうがた》に言って、労役のための予算を捻《ひね》り出してもらったのだ。夏が過ぎた頃、新たに植林を増やす計画も立てている。

海岸から少し離れたところには、木枠に屋根を載せただけのような、簡素な長屋が建てられていた。住むところのない人たちに、一応雨風を凌《しの》げるだけの施設を急遽作ったのだ。住処のない流民にあてた取りあえずの処置で、領内に散り散りになって勝手に住み着かないようにするための苦肉の策だった。雨ざらしよりはましという程度だが、日に一度は漁場と農村から食料を運び、炊き出しもしている。

隣国からは相変わらず山を越えて人が逃げてくる。流民を返せと、再三書状が届いているが、そちらで処置するようにと、こちら側からも同じ返答を繰り返していた。話は平行線のまま、流民の数だけが増えていく。

畑を荒らされてはたまらないので、結局巡回を多くして、逃げる者は追わず、声掛けをしてついてきた者は、この長屋に住まわせることにした。

「この暑さのなか、よく動けるな。俺はごめんだぜ」

松林の保護活動を監督している空良の隣で、菊七がうんざりした声を上げている。

今日の働き手を集めるにあたり、芝居小屋の周りにもたむろしている連中が大勢いたので、菊七にも声を掛けてもらったのだ。自分が声を掛けた手前、気になって様子を見に来たらしい。見かけと言動に反して、意外と律儀《りちぎ》な人なのだ。

「あのガキも働いてんのか。手伝ってんのか遊んでのか、あれじゃ分からねえな」

捨て吉も大人たちに混じり、落ちた枝を集めたり、囲いの支えを手伝ったりしている。一緒にいるふくが捨て吉の周りを飛び回っていて、本人は一生懸命なのだろうが、端《はた》からは遊んでいるように見える。

捨て吉が城に住むようになってから二月以上経っており、身体にもだいぶ肉がついてきた。足腰も丈夫になり、城の中をクルクルと仕事を見つけては働いている。今まで苦労をした分ゆっくりしていてもいいと思うのだが、本人は落ち着かないようだ。誰かの役に立つことで、恩を返したいと思っているのかも知れない。高虎に引き取られた当初の自分もそうだったから、捨て吉の思うようにさせている。

寝床だけはここに来た当初と変わらず、空良と高虎の寝所に布団を並べて寝ている。夫婦の営みが遠のくのは寂しいが、あどけない寝顔を二人で眺めながら、この子の将来について語り合う時間がこの上なく充実していた。

文字や算術を教え、高虎の補佐として働いてもらうのも頼もしいし、田畑を与え、農作に従事するのもいいかもしれない。剣術に興味を持つなら師をつけてもいいし、動物に好かれる性質を伸ばしていくのも楽しい。いろいろな可能性があり、好きなように生きてくれたらいいと思う。

茂南沢から養子を送り込みたい桂木は、空良たちの捨て吉の可愛がりようを見て、跡継ぎに考えているのではないかと、探りを入れてきた。どうあっても子は望めない夫婦だ。桂木に言われるまでは、考えもしないことだったが、それもいいかもしれないと、二人で笑い合った。やぶ蛇を突いてしまった桂木の顔が、蒼白《そうはく》になっていた。気の毒なことだ。

跡目については、お互いに年齢が若いこともあり、逼迫《ひっぱく》した問題として考えていない。捨て吉のことにしても、本人が望まないのに無理強いするつもりは微塵《みじん》もなく、ただ今は、山に捨て置かれた子どもを保護し、幸せにしてあげたいと純粋に思うだけだった。

「大人とは体力が違うから、そろそろ呼んでやったほうがいいぜ」

考え事をしながら松林の保護の作業を眺めていたが、菊七の助言に従い、捨て吉を呼び寄せる。真っ赤な顔をして走ってきた捨て吉に、水を与えると、コクコクと喉を鳴らして飲み干した。ふくにも水をあげようと思ったら、どこかへ飛んでいった。

「よう。元気にしてんな。今日、あの犬は連れていないのか？」

「シロは足が悪いから、ここまで来るのは難儀なんだ」

城から海岸まではかなりの距離がある。捨て吉が呼べばシロはきっとついてくるだろうが、怪我をした足を引き摺《ず》らせながら連れてくる必要はない。

ここ最近は空良の視察について、捨て吉はあちこちに出掛けている。新しい場所に行くのが楽しいようで、今日のように嬉々《きき》として働いてくれる。芝居小屋は特に好きで、今日は行かないのかと、出掛けるたびに聞いてくる。菊七が出ていない演目でも、目を輝かせて楽しんでいた。

シロは屋敷の庭でそんな捨て吉の帰りを待っている。こちらの暑さがこたえるのか、日中はグデッと地面の上に身体を投げ出していることが多い。

庭の隅にはシロのための屋根付きの小屋が建っていた。城主に許可をもらい、捨て吉と親しくなった下働きの者たちで作ったのだ。家臣たちもシロに干物を差し入れたり、捨て吉に御伽草子《おとぎぞうし》を届けたりと、彼らを可愛がっていた。もらった御伽草子を自分で読みたいというので、手習いを始めたところだ。

「今日、飴はないの？」

捨て吉にねだられた菊七が「ねえよ」と、素っ気なく答える。以前もらった飴が印象に残ったようで、菊七の顔を見るとそう言ってねだるのだ。一度「飴のおじちゃん」と呼んでしまい、怒髪天《どはつてん》を衝《つ》く勢いで怒られていた。それ以来その呼び名は使わないが、飴はねだる。けっこう根性が座っていると、頼もしく思う空良だ。

「しっかし大勢いんな。あれ全部流民だろ？」

「全部じゃありません。半分ほど」

「それにしたってけっこうな人数だろう。……これからもどんどん増えていくぞ。収穫の時期を終えたら一気に来るぜ、きっと」

不吉な予言はたぶん当たる。

「いろいろと策は練っているのですが。今回の労役のように、その場凌ぎが多いですね。……いよいよとなれば、腹を括《くく》らないといけませんね」

隣国からの流民に対し、向こうがまったく対処してくれないなら、考えていることはある。なるべくなら穏便に済ませたいと思っているが、噂《うわさ》通りの当主なら難しいかも知れない。

「菊七さんにもお願いすることがあると思います」

「大概のことはやるぜ？　武力行使以外ならな」

「菊七さんに武力は期待していませんよ」

「もっともだ」

袖から細腕を出して、自分の非力さを強調しながら菊七が笑う。

「冬が来る前に、隣国が自力で立ち直ってくれたらいいんですけど」

「無理だろ。悪くなる一方で、良くなることなんかありゃしねえぞ」

「やはり難しいですか」

「難しいじゃなく、無理だっつってんの」

隣国に潜入し、向こうの実情を自分の目で確かめている菊七が断言する。

崩壊していくのを、隣からただ見ているしかできない現状は、心情的にかなりきつい。こちらから助言もできず、向こうも聞く耳など持たないだろう。唯一材木の交易だけは変わらず続いていて、かろうじて財源が確保できているから始末が悪い。そして山を切り崩し、また被害が広がっていく。

松林を眺めながら思考に耽っていると、どこかからふくが飛んできた。獲物を獲ってきたらしく、摑んでいたそれを捨て吉に渡した。受け取った捨て吉がふくに礼を言っている。

「本当、気配のしない鳥だな、梟って。急に飛んでくるから吃驚《びっくり》するわ。……つか、何持ってんの？　うわっ、蛇じゃねえかっ！　やめろ、こっちに見せんなっ！　わぁああ」

菊七が悲鳴を上げながら六尺ほども飛び退《ずさ》った。

「なんの嫌がらせだよ！　早く捨てろ！　嚙まれるぞ」

「これ、毒ないから嚙まれても平気だ。割と美味《うま》いよ」

「そうか、休息のためのおやつを捕ってきてくれたんだ。ふく、偉いね。美味《おい》しそうだ」

「蛇見て美味そうとかどんな神経してんだよ！　なんだおまえら、おかしいぞ！」

遠くに離れていった菊七が叫んでいる。

大袈裟な菊七の態度に、空良は捨て吉と顔を見合わせ、笑いながら肩を竦めた。土産を喜ばれたふくが、嬉しそうに捨て吉の肩の上で、ギュルギュルと鳴いた。


酷暑が過ぎ、朝晩は幾分涼しい風が吹くようになってきた。これからは嵐の季節がやってくる。長い期間をかけて育んだ稲が、一瞬でなぎ倒される恐怖に戦《おのの》く時期が近づいた。

空良は毎日風の行方《ゆくえ》を追い、少しでも変調があればすぐに対処できるようにと、神経を研ぎ澄ませる。

収穫の行方を緊張しながら見守る一方で、海では初物が早速出回っている。魚市場は大賑わいを見せていた。

交易のほうも順調に進んでいた。蔵も増設され、毎日のように商船が港にやってくる。二隻目の造船作業は、完成を待たずして三隻目に着手している。その後も四隻目、五隻目と、間を空けずに数を増やしていく予定だ。

海岸近くに作った流民のための掘っ立て長屋は、この秋から本格的なものを作ることになり、今はその準備に忙しい。

大工職人を中心に、流民からも大勢人を募り、安い賃金ではあるが職を与える。初めは材木運びから板の加工を覚え、それから地盤作り、組み立てと、まったく何も知らない素人《しろうと》を職人にするべく鍛えている。ザンビーノも顔を出し、ワイワイと騒ぎながら作業を手伝ってくれている。ついでと言って、造船のための要員を見繕っているようだ。

あちこちで建築を進める作業場には、女子ども老人などを集め、簡単な手作業やまかないの世話などを申しつけた。三人衆に頼み、奉公先の斡旋《あっせん》や、嫁ぎ先の世話などもしている。嫁取りの話を聞いた漁師たちのあいだでは、炊き出しの材料を運ぶ順番の争奪戦が起こっているらしい。

自警団にも幾人か流民を預けた。魁傑や佐竹たちが剣や槍の訓練を施し、より本格的な兵団を作る手助けをしている。今までは農民や漁師など、本業の片手間に警邏を請け負う者が大半だったが、いずれは日向埼軍専用の歩兵となり、領主の預かりという立場で賃金をもらえるようにするというおふれを出した。これには土地を継げない農家の次男以降の若者が殺到し、噂を聞きつけた他領の者もやってきて、日向埼の自警団の数は、今や二千人を超える規模に成長している。

大幅に人員を募り、仕事を与えても、それでも職にあぶれる者はいる。秋の収穫を待つ前に、流民の数が増えたのだ。

高虎は空良を含め、魁傑ら家臣たちとの詮議を繰り返し、流民すべてを受け容れ、彼らに土地の開墾をさせることを決定した。領地にはまだ余裕があったが、それまでは手をつけるべきではないと自重していた計画を、ここで進めることになる。新しくやってきた流民はほとんどが開墾された土地である開拓村へ派遣され、地元の領民とは完全に棲《す》み分けするように采配《さいはい》した。

開拓と同時に河川の灌漑《かんがい》事業も本格的に着手することになった。これからは海運事業に加え、河川を利用した輸送も手掛ける。こちらは大事業なので、数十年単位の計画となるが、高虎の故郷隼瀬浦と連携しながら技術を修め、計画していく予定だ。

昨年、新事業を始めたときにも、目の回るような忙しさだったが、今年はその比ではない。なにしろ複数の事業を同時に進めていかなくてはならないのだ。

空良は領内を駆け回り、三人衆を中心にして采配を振らなければならず、その他の家臣たちも、少ない人数で仕事を兼用しながら走り回ることになるのだった。

寝る間もないような忙しい日々を過ごしていたある日、城主に呼ばれた菊七が城にやってきた。

隣国に関する詳しい情報と、こちらから頼んだ事柄がどのように進んでいるのかを、今回は直接問答するために、わざわざ城まで呼んだのだった。

菊七は本来であれば城に上がれるような立場ではなく、本人も来たがらない。だから空良や魁傑が芝居小屋まで出向いて話をしていたのだが、この秋に複数の事業を同時に立ち上げためにに、どうにも時間が取れなくて、菊七に来てもらうことになったのだ。

「よう。来てやったぜ」

城の奥座敷に近い庭までやってきた菊七は、臆する様子もなくそう言って、空良の座る縁側にドッカリと腰を下ろし、まるで近しい知人の家を訪ねたときのように気軽に挨拶をする。

「わざわざ城までお越しいただいて、申し訳ありませんでした」

「まあな。面倒くせえけど、仕方ねえよ」

そう言って、一緒に出迎えた捨て吉にも「よう」と軽く手を上げ、空良の用意した茶を啜った。

「高虎さまはただいま他領地の当主代理と会見しておりますので、しばらくお待ちください。申し訳ありません」

「ああ、気にしねえ。いっそがしいもんな、あんたらも」

カラカラと笑いながら、捨て吉に向かい「おらよ」と、何かの包みを放り投げる。

受け取った包みを開けながら捨て吉が聞き、菊七は「団子だ」と答える。

「飴か？」

「飴がよかった」

「あれは贔屓《ひいき》の客が差し入れにくれたもんだからもうねえよ。文句言わずに団子食え」

捨て吉は不満そうに口を尖《とが》らせるも、もらった団子を頬張ると笑顔になった。近くにいたシロにも分け与えている。

城に連れてこられて以来、滅多に我が儘を言わない捨て吉だが、何故か菊七に対しては、無遠慮な口を利く。菊七も愛想のない受け答えをしながらも、決して不快そうではなく、けっこう気が合っているような二人の会話だった。

「それ、山でおまえと一緒に拾った犬か。へえ、汚れすぎてて気づかなかったが、白犬だったんだな」

「そうだよ。シロだもん」

団子を分け合いながら、捨て吉がシロの頭を撫でている。

「あんときゃドロドロの灰色犬だったもんな。滅茶苦茶威嚇してたよな、俺に向かって」

「菊七さんがおれとシロの悪口言ったからだ。シロは頭いいから」

「悪口じゃねえよ。見たまま言っただけだろうがよ。……つうか、よく見ると随分年取ってんだな、そいつ。弱ってんのか？」

分け与えられた団子を、ぺったりと腹ばいの状態のまま、ゆっくり咀嚼している姿は、確かに元気がいいとは言いがたい。

「……ずっと暑かったから、ちょっとくたびれてるんだと思う。寒くなったら元気になる」

自分に言い聞かせるように捨て吉が言い、「な、そうだよな」と、シロにも賛同を求めている。問い掛けられたシロは、「オン」と、末吉に答えるように力強く鳴いた。

「そうならいいんだけどよ。……まあ、うん。だよな」

何か言いたそうにして、何も言わず、菊七はもう一つ持ってきた包みを開け、自分の分の団子を頬張った。

山から連れてきて、怪我の手当てをし、一旦元気になったシロだが、最近とみに弱ってきている。

ここにやってきた当初、それまで張り詰めていた糸が切れたように、捨て吉は体調を崩していた。シロも同じように、安全な場所に来た安堵から、一気に衰えてしまったのだと思う。

捨て吉は年齢の若さで持ち直したが、老齢のシロは難しいかもしれない。

団子を分け合っている二人を複雑な思いで眺めていると、またどこからかふくがやってきた。今日もお土産があるらしく、寝そべっているシロの前に置いている。

「げ。またなんか狩ってきたのかよ。蛇じゃねえだろうな」

「トカゲのようですね。焼くと滋養があります。焼きましょうか？」

「いらねえよ！」

菊七が叫び、シロが献上品のトカゲをパクリと頬張ったときに、会見を終えたと、家臣が空良たちを呼びに来た。

高虎《たかとら》が謁見の間の奥に座っている。側《そば》には魁傑《かいけつ》と佐竹《さたけ》、桂木《かつらぎ》が控えており、その他にも数人の家臣たちが部屋の隅に待機していた。いつも詮議の折に顔を合わせる面々だ。他国との会見を終え、改めて部屋を用意するより、このまま詮議に移ったほうが早いという考えなのだろう。効率を重視する高虎らしい取り計らいだ。

空良《そら》に伴われた菊七《きくしち》が、高虎の前に腰を下ろす。空良は高虎の隣に落ち着いた。

「菊七、待たせたな。わざわざ呼び立ててすまない」

「別にいいよ。魁傑の兄貴が来てほしいって言うから来ただけだ」

主君を蔑《ないがし》ろにする発言に魁傑が慌てるが、高虎は気にすることなく、さっそく打ち合わせが始まる。

「そうか。では相談を始めよう」

「まずは菊七、佐矢間《さやま》での調査、報告の数々、ご苦労であった。役に立つ情報も多く、お蔭で今後の方針が立てやすい」

隣国の土地の様子や人の動き、大小の災害の発生、それにより領地から逃げ出す人々の数をある程度予測し、事前に伝えてもらえたから、こちらも慌てずに受け入れの用意ができた。流民の数が示しているように、佐矢間の状況は悪化し続けている。この冬を越せない領民が多数出るだろうことは必至だ。

「収穫を待たずしてこれだけの流民が出ているのは、いよいよ危ういということだな」

高虎の断定的な声に、菊七が「ああ」と低く答える。

「民を先導する役人がほとんど姿を消した。愚鈍な当主と、あとは操り人形が残っているだけだ」

暴君の采配《さいはい》に耐えかね、家臣が逃げ始めたと言っていたのは夏真っ盛りの頃だったか。上手《うま》く逃げおおせた者もいるが、疑心暗鬼に囚われた主君により、幽閉されている者も多いという。

「その者たちとの連絡は取れたのか？」

高虎の声に、菊七は僅《わず》かに口の端を上げた。

「すげえ大変だったけど、まあ、大半はこっちに寝返った」

高虎が満足そうに頷《うなず》き、魁傑がホッと息を吐く。

地下牢に閉じ込められたその者たちや、或《あ》いは巻き添えを恐れて静観を決め込んでいる者たちに、菊七はツテと金を使い、あらゆる手を尽くして接触することに成功した。数回に亘《わた》り領地に入り込み、繋《つな》がりを持ち、そこからは人海戦術を用いて根を張った。時間を掛けて城内に入り込み、徐々に味方を作っていったのだ。

忠言もできず、逃亡も叶《かな》わない窮地のなか、現状を憂《うれ》えた隣国のとある領主が、密かに手を差し伸べてきたのだ。これまで先祖代々が必死に支えてきた国を存続させるため、領民のため、今何を為《な》すべきかを畳みかけ、説得を繰り返した。

自らの手で災害を生み出しながら、碌《ろく》な処置もせずに被害を拡大させている現状。領民の救済もせず、流民が流れた先の日向埼《ひゅうがさき》に賠償を求める無責任振り。後ろ盾のはずの大国は禿《は》げ山になった現状を知ってか知らずか、なんの沙汰《さた》もない。

絶望が蔓延《まんえん》するなか、菊七を介しての高虎の救いの手は彼らにもたらされた一筋の蜘蛛《くも》の糸だ。この先待っているのは滅亡しかないとなれば、縋《すが》ろうとするのは必然だった。

「けど、先代から仕えている家老っていうのが難敵でな。そいつの説得に難儀している」

当主に対する忠義を捨てず、周りの説得をも頑《がん》として聞き入れないという。

「当主より人望が厚いっていうか、やたら有能なんだとよ。これまで問題が明るみに出なかったのも、そいつが上手く立ち回っていたせいだ」

昨年の交易の交渉を取り回していた中心が、その者だったらしい。

「有能とはいえ、君主を説得できずに泥沼に沈めるのに加担したのですから、その責は重大ですな」

魁傑が苦い顔をしてその家老を糾弾する。自分だったら殴ってでも当主を止めたと断言し、高虎が苦笑している。

「冬になる前には決着をつけたい」

高虎の一言で、今後隣国に対してどのように働きかけるのか、部屋の者たちで話し合う。城内の七割方はすでに寝返っているので、国を落とすことは容易だと判断された。

しかし問題は、攻め落としたとしても、日向埼にまったく利がないことだ。佐矢間からの言い掛かりのような書状が届かなくなるだけで、民の流入は止まらないだろう。あの荒涼とした土地を得ても、復興に金と人材を使う分、多大な負担が掛かるだけだ。

「それに、後ろ盾の丹波《たんば》の国がどう反応するかですな。属国といえば子も同然。子を攻めれば親が出てくるのは道理。同盟国に働きかければ、力は貸してもらえましょうが、そこまでして攻め込む意味があるとは……」

桂木が悩ましげな声を出し、一同が頷く。周りのそんな様子を眺めていた高虎は、何故《なぜ》か笑顔で「その通り」と言った。

「子の不祥事は親が責任を取るものじゃ。きっちりと責を果たしてもらおうか」

ハッとして顔を上げる家臣たちを見渡し、高虎はニヤリと不敵な笑みを浮かべるのだった。

高虎の一声により、行くべき進路が決まった詮議は白熱した。ある程度の方針が決まり、ここからは軍議になるということで、菊七はその場を辞することになる。

空良は菊七を送るために広間を出た。先ほど捨《す》て吉《きち》と遊んでいた庭へ向かう。

庭では、捨て吉とシロ、それからふくが犬小屋の前にいた。小屋から半分身体《からだ》を出した状態でシロが寝そべり、捨て吉がそんな様子をしゃがんだまま眺めている。

空良たちが近づくと、まずはふくがこちらに飛んできて、捨て吉が振り返った。シロは横たわったまま、目を開けてこちらを見ている。

「そらさま、おれ、お願いがあるんだけんど」

ふくを追い掛けるようにして走ってきた捨て吉が、必死の目をして空良を見上げる。

「なんでしょう」

「おれ、今晩からここで寝泊まりしたい。蓙《ござ》さえ借りられれば、寝られるから」

「シロを座敷にあげて、一緒に寝てもいいんですよ」

めっきり弱ってしまったシロを案じ、一緒に寝泊まりしたいという捨て吉の願いを却下する理由はない。庭で寝泊まりしたいというならそれでもいいが、屋内にいてくれれば、何かあったときにすぐに対処しやすいからと、そう提案するが、捨て吉は首を横に振った。

「捨て吉、遠慮することはないのですよ。捨て吉と同様、シロも家族だと思っていますから」

「……んでも」

「外だと寒暖差も激しいし、屋内のほうがいいのでは？」

迷う素振《そぶ》りを見せる捨て吉に空良が説得を試みると、横から「いいじゃねえか」と、菊七が口を出してきた。

「ずっと野良だったんだろ？　綺麗《きれい》なお屋敷の中じゃかえって落ち着かねえよ。俺だってごめんだ。好きにさせてやれ」

捨て吉の顔を覗《のぞ》くと、「外がいい」としっかりと言うので、承諾した。

下の者に声を掛け、莚を運んできてもらう。捨て吉がここで寝泊まりするのだと言ったら、雨避《よ》けに屋根がいるのでは、どうせならシロと捨て吉が一緒に寝られるようにしたらいいのではなどと、周りが意見を言い始め、なにやら大工工事が始まってしまう。

支柱を立てた上に板を並べ、地面にすのこを敷き、莚が広げられる。いつの間にか菊七が作業の先導をしており、短時間のうちに庭に掘っ立て小屋ができていく。ふくがトカゲや虫などの食料を運んできて、小屋の隅に置き始めた。どこかに貯蔵庫を作っていたらしく、それを移動させているようだ。ふくもしっかりここに住むつもりらしい。

「なんだ、なんだ。なんの騒ぎかと思えば、面白いものを作っているな」

ワイワイと作業をしているところに、軍議を終えた高虎たちがやってきた。

「あ、旦那さま、勝手をしてしまい、申し訳ございません」

捨て吉の願いを聞くために、ここに寝床を作っていると説明をする。高虎は「なかなか快適そうな宿だな」と、鷹揚《おうよう》に許してくれた。

簡素な寝床が出来上がり、捨て吉が中に入り声を掛けると、のっそりと起き上がったシロがそれに続いた。莚の上に置かれた布団に二人して座る。布団はいらないと遠慮されたが、これだけは使ってくれと、押しつけた。

「気に入ってもらえましたか？」

空良の問いに捨て吉が大きく頷いてくれた。

シロの腹に埋まった捨て吉が安心したように目を閉じ、その口元が綻《ほころ》んでいる。シロもそんな捨て吉の頰をペロリと舐《な》め、それからゆっくりと目を閉じた。木の根元で彼らを発見したときと同じように、二人で寄り添うように寝そべっている。

「なんだかわたしもここに住みたくなりました」

「空良が住むなら俺も住むぞ」

「やめてやれ。迷惑だ」

「菊七、口を慎め」

微笑《ほほえ》ましい光景に夫婦で語り合っていると、菊七が水を差し、魁傑がそれを叱《しか》った。

捨て吉の引っ越しを手伝っているうちに、やがて日が落ちてきた。辺りの気温が下がると、シロが少し元気を取り戻し、小屋から出てきた。

用意させた魚の汁飯を平らげ、シロの尻尾《しっぽ》が機嫌よさげに揺れていた。

「やっぱり昼間は暑すぎたんだ。これからだんだん寒くなってくるから、元気になるよな？」

シロの首を抱き締めながら、捨て吉が明るい声で言った。

「おうよ。野良はしぶてえからな」

明確な肯定の言葉を出せずにいる空良に代わり、菊七が答える。

「上等な飯までもらってんだ。感謝しろよ？」

菊七の上からの物言いに、シロが不満そうに呻《うな》り声を上げた。

「やっぱり可愛くねえな！　なんで呻るんだよ。なんつう恩知らずな犬だ」

「おまえが用意したものではないと分かっているんだ。図々《ずうずう》しく恩を着せるな」

魁傑に叱られた菊七を、捨て吉が笑って見ている。

城は居心地が悪いからと滅多に寄りつかない菊七だったが、今日は捨て吉とシロのためにずいぶん長居をしてくれている。気安い菊七がいるお蔭で、捨て吉の気もだいぶ晴れたようだ。菊七に礼を言ってもきっと天邪鬼《あまのじゃく》な答えが返ってくるだろうから、空良もあえて言葉にはしなかった。

秋間近の日向埼の風は、佐矢間の土地に比べれば、だいぶ生温い。それでも、僅かでもシロにとって過ごしやすいと感じてもらえたらと、祈るような気持ちになる。

少しでも長く、この穏やかな時間が続いてくれたらいい。仲良く寄り添っている子どもと老犬の姿を眺めながら、空良は思うのだった。


秋が徐々に深まっていく。青々としていた水田は、今は黄金色《こがねいろ》に染まり、風が吹くたびに波打つように揺れていた。

懸念されていた嵐は大規模なものはなく、今年も豊作が見込めそうなことにホッとする。

まだ油断はできないが、晴れの続く日を見計らい、早めに刈り取りを始めたいと計画をしている。備蓄はあるが、これから流民が更に増えることを思えば、十分とは言えないからだ。

隣国の佐矢間では、行商人の訪れがめっきり減っているという。地元の商店では、店を畳み逃げるように去る者たちが相次いでいる。領地の主要産業である材木の出荷も、買い手が差し控え、商売が成り立たないらしい。一番の取引先の材木座からも余所《よそ》との取引を優先すると断られ、在庫が嵩《かさ》み、かなり慌てているという話だ。

商人がことごとく引き上げているのは、近々戦が行われるという噂《うわさ》が蔓延《まんえん》し、戦禍に巻き込まれることを恐れたからだ。

流民を押しつけておきながら、理不尽な苦情の上に賠償まで求めた佐矢間に、日向埼の領主がとうとう動き出すらしい。再三の忠告も無視され、負担が増える一方な現状に激怒し、兵を集めているようだ。後ろ盾の丹波の国は何もせずに静観していることにも腹を立てているそうで、大国ごと一気に押し潰そうと、同盟国に呼び掛け、続々と賛同の声が上がっているらしい。

そのような噂が流れると同時に、日向埼の領地には、佐矢間とは逆に、戦で儲《もう》けを得ようとする商人たちが集まっていた。

今や交易の中心となり、同盟国以外の複数の領地と縁を結んでいる日向埼だ。勝敗の行方《ゆくえ》を占うのは容易《たやす》く、日向埼が有利と見て、後援の申し出が多数寄せられている。

いつ開戦されるのか、どの程度の期間で終結するのかと、どこも噂話でもちきりだ。そこには日向埼の負けを不安視する声はなく、誰もが『三雲《みくも》の鬼神』、高虎の勝ちを疑わない。

「……伝聞の速さとは恐ろしいものですね」

送られてきた文を高虎と確認しながら、空良は溜《た》め息《いき》を吐《つ》いた。特に同盟も結んでおらず、遠方なため、今のところ交易も行っていない国から、物資の援助の申し出があった。

菊七に噂の喧伝を頼んでから、まだ一月《ひとつき》と経《た》っていないのに、このような文が届く。

「それにしても丹波は人気がないのう。中庸派が軒並みこちらになびいておるわ」

今日届いた文以外にも、似たような申し出が毎日のように届いていた。

「材木座や塩座など、多くを牛耳《ぎゅうじ》って派手にやっていましたから、恨みを持つ国も多いのでしょう。我が国も以前頭を押さえられましたからな。似たようなことをあちこちでやらかしていたのでしょうな。自業自得でござる」

魁傑が当然だというように、大きく頷いている。

「丹波は動くと思うか？」

高虎の問いに、桂木が「どうでしょうなあ」と、のんびりとした声を上げた。

日向埼が戦の準備を整えているという噂は、この一月足らずでかなり広がった。隣国佐矢間も慌てているだろうが、後ろ盾の丹波の国にとっても青天の霹靂《へきれき》だろう。非は完全に佐矢間にあり、近隣諸国も日向埼有利に動いている。庇護をしているといえど、佐矢間を庇《かば》って参戦するには、丹波に何一つ利点がないのだ。しかし大国としての面目《めんぼく》があるため、まったく知らない振りもできない。ここで佐矢間を切り捨てれば、他の属国からの不審を買ってしまう。

「うちと戦はしたくないでしょうから、今頃右往左往しているところでしょう。佐矢間の状況を急いで調べ、青くなっているか」

「今頃ですか。遅いわ」

佐矢間は山に囲まれた盆地で、丹波の国とも距離が離れている。よほどのことがない限り、詳しい状況など知ることもないだろう。そこへ不穏な噂話が急に飛び込んできた。向こうにしてみれば、災難に遭ったとしか思えないだろう。

「当主が代わったときに、あのような暴君だと知っていれば、こんなことにはならなかったでしょうか。後ろ盾の特権で、別の者を据えさせるなどして」

空良の憂い声に、魁傑が難しい顔を作る。

「他領の世代交代への口出しは難しいでしょうな。それこそ有能な家臣という輩《やから》が必死に庇い立てすれば、内情など分かりますまい。しかしどのような道筋を辿《たど》ろうと、結局いつかは破綻したのではないですかな」

「難しいものですね」

当主一人の采配で、ここまで酷いことになるのかと、空良は薄ら寒くなるような恐怖を覚えた。高虎がそのような暴君になるとは思わないが、これから先、どこかで躓《つまず》くことはきっとあるだろう。そのとき自分は、冷静な目で夫を諌《いさ》めることができるだろうか。魁傑や佐竹、桂木が、きちんと城主を正しい方向へ導いてくれるだろうか。

隣国の今の有様を教訓に、しっかりしていかなければと、空良は思いを新たにするのだった。

「して、丹波をどう動かすかだが、どこか使えそうな国はないか」

これまで日向埼に届いた書状の内容を書き連ねた目録を、高虎がバサリと広げる。国の名はもちろん、立地や主要産業、どこを後ろ盾にしているかなどが細かく記してあり、皆で回し読みする。

「かなりたくさんございますな」

「俺が人気者だということか」

高虎が楽しげに笑い、魁傑が「然《しか》り」と、大真面目《おおまじめ》に頷く。

「これを機会にとすり寄りがあからさまな国もございますな。ほれ、ここなど、後援にかこつけて、殿への縁談の打診をしておりますぞ」

桂木の指摘に、魁傑が今度は憤然とする。

「空良殿がおるのに縁談の打診とは、恐れ知らずですな。喧嘩《けんか》を売っているのならば買わねばなるまい」

「逆に詳しい情報を得ぬまま、上《うわ》っ面《つら》だけを見て飛びついているのでは？」

「いやいや、空良殿の武勇は今や全国に轟《とどろ》いているのですぞ。それを知っていて縁談を持ち込むとは思えませぬ」

「わたしの武勇など、たいしたことはないのですが……」

「まさか。空良殿を題材にした芝居は、全国に知れ渡っているのですぞ。知らぬ者は一人もおりません」

魁傑の力強い断言に、それは嫌だと俯《うつむ》いてしまう空良だ。

「芝居の内容など眉唾《まゆつば》だと、高を括《くく》っているとか」

「いや、あれはかなり真実に基づいて作られておりまする」

相談の内容が旅一座の芝居の話題に流れていき、桂木がいつものように軌道修正をする。

「どちらにせよ、この国は却下ですな」

「うむ。野心を持ってすり寄ってくるならばよいが、情報足らずでは話にならん。上手く立ち回れるとは思えんからな。他はどうだ？」

目録を囲み、どの国が使えそうかと相談する。日向埼とも丹波の国とも敵対しておらず、ことさらに近しい関係でもない国を選ぶのは、なかなか難しい作業だ。

あれこれ意見を出し合い、ようやく三ヵ国を選び出す。

「うむ。あとは魁傑、旅一座の小屋に赴き、この三ヵ国の情報をもらってこい。その上で最終的に一国に絞る」

「は。全国に散らばっている者どもにも徴集をかけます。より詳しい情報が得られるでしょう」

日向埼と佐矢間、主流は後ろにいる丹波の国なのだが、この三国の間に立てそうな国を選んでいるのだ。

戦に挑むとして、家臣の七割方の寝返りが成功している佐矢間を撃破するのは容易だ。問題は後ろ盾である丹波の国だが、恐らく向こうもどう動けばいいのかと、悩んでいることだろう。日向埼としても、できれば戦はしたくない。

そこで間に人を立て、上手く仲裁してもらおうという目論見《もくろみ》だった。

「頼んだぞ。談合の手引きなど、その後の仕事についても含んでおくように。相手との話し合いには俺自らが出向いてもかまわん」

「旦那さまは城内でのお仕事が忙しいでしょう。交渉ならばわたしが参ります。お勤めを立派に果たしてみせます」

空良が名乗り出るが、高虎は笑ってそれを退けた。

「そなたにはいつも負担を掛けているのでな。そろそろ俺にも活躍させろ」

そう言って「この辺りなら馬でも三日と掛からないからな」と、地図を指さす。

「たまには遠出がしたいものじゃ」

「高虎殿、まさかそれが目的ではありますまいな」

魁傑の鋭い視線に、高虎は豪快に笑う。「そんなわけがあるか」と言いながら、「この辺りもよいな」と、地図を眺めている。

「今度は伴《とも》の者を振り切るのはなしですぞ」

「ああ、努力する。そうだ。今回も影武者を立てるか」

良いことを思いついたというように、ポンと手を叩く高虎に、魁傑が「勘弁してやってくだされ」と、佐竹を庇ってやるのだった。


秋の夕暮れ。稲刈りを二日後に控え、空良は赤々と染まる夕焼け空を、縁側から眺めていた。これからしばらくは雨も降りそうになく、刈り入れも、その後の天日干しも上手くいきそうだ。開拓村からも人を呼び、大勢で一気にやってしまおうと、三人衆の一人、彦太郎《ひこたろう》が采配を振っている。収穫を終えたら酒でも届けようかと思いながら、空を見上げていた。

佐矢間と丹波の国との問題では、仲裁国が一国に絞られ、今は多方面に向けて根回しをしている最中だ。冬がくる前に終わらせてしまいたいと、高虎を筆頭に、全員でめまぐるしい毎日を送っている。

庭先では、捨て吉がシロの隣で野菜の筋取りをしていた。小屋の前に敷かれた莚にシロと一緒に座り、一つ一つ丁寧に、野菜の筋を剝《む》いている。ここで寝泊まりを始めた当初は、器洗いや庭掃除などの雑用を手伝っていたが、今はなるべくシロの側でできるような仕事を与えられている。

シロの状態は日に日に悪くなり、今ではほとんど横たわったままだ。食欲もなく、クタクタに煮た汁飯をほんの少しと、あとは水ばかりを飲む日々だった。

ふくは日中いないことが多かったが、夜には戻ってきて一緒に過ごしているようだ。毎日野山へ飛んでいっては、せっせとシロにお見舞いの品を渡していた。今も小屋の前にヤモリが置いてある。

菊七もしょっちゅう顔を出してくれた。土産《みやげ》があるときもあり、ないときもあり、不満を漏らす捨て吉に、相変わらずの悪態を吐き、シロに呻られたりしていた。菊七が来てくれると、捨て吉もシロも少し元気になってくれるのが救いだ。

筋取りが終わった捨て吉が、籠《かご》を抱えて立ち上がった。「すぐ戻るよ」とシロに声を掛けてから、台盤所に向かって駆けていく。ほんの僅かな時間も目を離したくないという気持ちが表れているような足取りだった。それほどここ最近のシロの状態は危うい。

心配ならば、空良が籠を運んでいっても、または奥から人を呼んでもよかったが、捨て吉は嫌がるだろうと思い、何もしないでいた。彼はとても真面目で素直で、そして頑固だ。身体は小さいが、彼にも歴《れっき》とした矜持《きょうじ》がある。

縁側から庭に下り、捨て吉がいなくなった小屋の前にしゃがみ込む。横になったままのシ口は一旦《いったん》目を開け、すぐに閉じた。首の辺りをそっと撫でてやると、尻尾が一度だけパタンと動いた。脂の抜けた毛並みはパサパサで、出会ったときには大きな犬だと思ったが、骨の浮いた身体は薄くなり、とても小さく見える。

「頑張ってるねえ。おまえは偉い。いいこだね。本当にいいこだ」

たぶんとっくに終わっているだろう命を、ほんの僅かでも永らえようと、シロは頑張っている。

今最大に頑張っているシロに、もっと頑張れとは言えず、捨て吉のことを思うと、もう頑張らなくていいとも言えず、空良はシロに掛ける言葉が分からなかった。

ただただ身体を撫で、いいこ、いいこ、と繰り返し褒めてやることしかできなかった。

同日の夜半過ぎ、風の音もない静けさのなか、空良は不意に目を覚ました。身体を起こし、耳を澄ます。

「どうした?」

隣に寝ていた高虎がめざとく目を覚まし、声を掛けてくる。

「何か聞こえたような」

辺りはシンとしていて、葉擦《はず》れの音さえないが、なんとなく空気の揺らぎを感じた。胸に手を当てると、何も思っていないのに、ドクドクと激しく波打っている。今まで一度も感じたことのない胸騒ぎだ。

暗闇の中、自分の心《しん》の臓《ぞう》の音を聞き、ああ、と思った。

虫の知らせというものだろう。或《あ》るいはシロが呼んでくれたのか。捨て吉を一人にしないように。

「別れのときが訪れたようです」

すぐに身支度をして、シロと捨て吉のいる庭へと下りていった。高虎も空良の後ろを追ってくる。

今日の月は霞《かす》んでいて、弱い明かりが庭を照らしていた。小屋を覗くと、捨て吉は空良の与えた布団を被《かぶ》り、ぐっすり寝入っていた。捨て吉の横にいるシロは、浅い呼吸を繰り返しながら、ときどき身体を痙攣《けいれん》させている。そのすぐ側にはふくもいた。横たわるシロの姿をじっと眺めている。

空良は捨て吉の身体に手を伸ばし、そっと揺らした。

「捨て吉、起きなさい」

夜中に突然揺り起こされた捨て吉は、初め何が起きたか分からず、ボンヤリと目を擦《こす》った。それからハッとして身体を起こし、隣にいるシロに視線を移す。

「シロッ！」

シロの名を叫んだ捨て吉は、それ以上は声を出さず、シロを見つめ、それから手を伸ばした。シロの頭の上に手を乗せ、ゆっくりと撫でている。

高虎に肩を抱かれた空良はその場からそっと離れた。庭の隅に移動し、二人のお別れを静かに見守る。

小さな背中を震わせながら、捨て吉はシロを撫で続けた。時々「シロ」と語りかけ、それ以外は何も言わず、何度も撫でている。

月が雲に隠れ、また顔を出し、明暗を繰り返す。風は一つも吹かず、静かな夜が過ぎていく。捨て吉が再びシロを呼んだ。そのとき、突然シロが大きな声で吠えたのだ。

「ウォン、ウォン、ウォン」と、あの薄い身体から出したとは思えないほど力強い声でシロが鳴いた。

そして再び静寂が訪れた。

捨て吉は動かず、横たわるシロをずっと、ずっと撫で続ける。

やがて空が白み始め、辺りが明るくなっていく。鳥がチュンチュンと朝の挨拶を始め、台盤所のほうから、人が動き始める気配が漂ってきた。

夜には月を隠していた雲は跡形もなく流れ去り、真っ青な空が広がっている。哀《かな》しいほどの秋晴れの朝だった。

捨て吉に気の済むまでお別れの時間を与えてあげたくて、空良は高虎に肩を抱かれたまま、同じ場所にずっと佇《たたず》んでいた。高虎も声を出さず、空良に寄り添い続けている。肩から伝わる夫の手の温もりが、ありがたいと思った。

そうして見守り続けていると、ヒュンと影が差し、捨て吉の側にふくが降り立った。いつの間にかいなくなっていて、今戻ってきたようだ。

ふくは何かを摑《つか》んでいて、それを捨て吉とシロの前に置いた。小さな蛇だった。シロのために捕まえてきてくれたものらしい。

一旦地面に置いたものを咥《くわ》え、ふくが横たわるシロの鼻先にそれを再び置いた。

「シロのために狩ってきてくれたんだ」

ふくからの贈り物を受け取った捨て吉が、初めて声を出した。

「ありがとうな、ふく。でも、シロはもう、これ、食べられな……っ」

言葉が続かず、捨て吉がしゃくりあげた。パタパタと涙を落とし、堪《こら》えきれない嗚咽《おえつ》を漏らしている。ふくは小首を傾《かし》げたあと、再び空に舞い上がった。またシロのための土産を探しに行こうとしているのだろうか。

「空良……」

優しい声と共に、高虎が空良の頰を撫でた。知らず涙を零《こぼ》していたらしく、高虎の掌《てのひら》が濡れていた。

一度堰《せき》を切った別れの涙は、もはや止めることができずに、捨て吉が声を上げて泣きじゃくっている。そんな捨て吉をもう一人にはしておけなくて、空良は高虎の手から離れ、捨て吉の元へ走り寄った。

捨て吉を抱き締めて、空良も泣き声を上げる。異変に気づいた城の者たちが続々と集まり、抱き合って泣く空良と捨て吉を、遠巻きにしながら見守っていた。


シロが亡くなったその日、空良たちは隣国との境にある山を登っていた。

シロの亡骸《なきがら》を庭の小屋のあった場所に埋葬しようかと提案したら、捨て吉が山に連れていきたいと言ったからだ。

日向埼のあの庭は、安心できる場所だったけれど、逃げ回りながらも二人で暮らしたあの山に帰してあげたい。シロもきっと山を駆け回りたいだろうからと。

布に包《くる》んだシロの亡骸を魁傑が抱き、手の塞がっている魁傑を護衛するように佐竹が付く。道案内の捨て吉が先頭を行き、空良は捨て吉と手を繋いでいる。高虎も空良のすぐ横にいて、その後ろに桂木が歩いていた。

他にも護衛と荷物持ちを兼ねた四名が、この道行きに付いていた。今回は山の奥深くまで入るので、もしかしたら今日中に帰れないかもしれない。野営になった場合も踏まえて、この人数となっている。

この場に菊七の姿がないのが残念だった。彼がいてくれたら、捨て吉も少しは慰められただろうと思う。彼は今様々な根回しのためにあちこちの土地を飛んで回っており、日向埼にいない。数日中に戻ってくるのは分かっていたが、菊七のためにシロの埋葬を先延ばしにするわけにはいかなかった。

「捨て吉、疲れたら遠慮なく言うんだよ。抱っこするからね」

「うん。まだ大丈夫」

城に住むようになってから、だいぶ体力がついた捨て吉だが、それでもまだまだ小さい子どもだ。無理をしないように気遣いながら、山の道を登っていった。

「へえ。こんな崖を下りていったのかい？　よく落っこちなかったね」

「おっかなかったけど、ゆっくり下りてったら平気だった。シロが先にこっちだよって、教えてくれたんだ」

人の歩く道を逸《そ》れ、草を掻《か》き分けて道なき道を進んでいく。

「あっちの岩の割れ目から水が流れてて、案配はよかったんだけど、他の獣も来るからな。危なくて長くはいられなかったんだ」

水がある場所には獣も集まる。危険と水場の確保とを天秤《てんびん》にかけながら、転々と拠点を移していたのだと、捨て吉が語った。

ここで兎《うさぎ》を獲った。ここに生えていた実が食べられた。ここでせっかく捕らえた獲物を別の獣に横取りされたと、捨て吉が教えてくれる。小さな子どもと老犬が、隠れ住みながらもいろいろと工夫をして、山の生活を営んでいるのが分かる道筋だった。

「この先の沢のずっと向こうにマタギのじいちゃんの小屋があった。逃げたあとも沢の近くにしばらく住んでいたんだ」

拾ってくれた猟師の小屋でしばらく暮らし、そのうち猟師が帰らなくなった。山狩りを避けるために小屋から逃げたが、ほとぼりが冷めたらまた小屋に戻れるかもしれないと、近場で隠れていたのだと言った。

「けんど、小屋に人が出入りするようになってな。もう行けなくなった。あそこにずっと住めたら一番よかった。でも仕方ねえから」

恐らくは別の猟師か、或いは山狩りの拠点にするため人が入ってしまったのだろう。いつかまた小屋が空くんじゃないかと期待し、結局諦めて別の場所を求めて移動した。

「シロは沢の側に埋めてやりたい。大きいピカピカの黒い岩があってな、もしはぐれたらここが待ち合わせ場所だぞって、決めてたんだ」

山にいる間は、結局一度もはぐれることなく、捨て吉とシロはずっと一緒にいられた。幸運なことだったと思う。捨て吉にとっても、シロにとっても。

捨て吉の言う沢を目指し、皆で険しい山道を進んでいく。途中何度か交替で捨て吉を抱っこして、延々と歩いた。

山は広大で険しく、捨て吉とシロの過酷な境遇が窺《うかが》われた。

「シロは魚を獲るのがうんと上手いんだ。おれも腹いっぱい食った」

けれどその頃のことを語る捨て吉の顔には、悲壮感などまったくなく、楽しかった思い出として残っている。

「でっかい魚が一匹獲れてな、どっちが食うかで喧嘩になって、そんでな、シロってば」

空良の腕に抱えられながら、取り留めなく話していた捨て吉が振り返る。そして魁傑に抱かれたシロを見つけ、その笑顔が一瞬で崩れ、歯を食いしばるのだ。

「でっかい魚はどっちが食べたんだい？　捨て吉か？」

空良が問うと、捨て吉は盛大に洟《はな》を啜《すす》りながら笑った。

「シロが頭と尾っぽで、おれが身を食った」

「そうか。分け合ったんだね。美味かったか？」

「んー、ちょっと泥臭かった。でも、美味かった。シロも喜んでガツガツ食ってた」

そのときのことを思い出しながら、捨て吉が泣き笑いの顔のまま、そう言った。

目指した沢は思いのほか遠く、それから一刻半ほども歩き、ようやく辿り着いた。

サワサワと水の流れる音が聞こえてくると、今は高虎に抱かれて移動していた捨て吉が素早く下りて、駆けだした。

「ここと違う。もう少し上のほうかも……」

景色の記憶を確かめながら、捨て吉が上流に向かって歩いて行くのを、一同で追い掛ける。シロと決めた待ち合わせの印の岩を探し、捨て吉がどんどん歩いて行く。足取りはしっかりしていて、足場の悪いゴロ石にも躓くことはない。

「あった！　あれ、あの岩だ。ほら、ピカピカしてるだろ？」

捨て吉が指さす先には、大きな黒い岩がドンと鎮座していた。大昔に川が溢れて遠くから流されてきたのか、他には似たような石はない。なるほど言っていた通り、黒く光っていて、目印にするには丁度いい。

「これは立派な岩だな」

「だろ？　おれとシロとで見つけたんだ」

捨て吉が誇らしそうに胸を張り、「ここだと絶対に間違わないからな」と言って、眠っているシロに目をやった。

昔はこの辺りまで川だったのだろう痕跡があるが、長い年月を掛けて場所が移動したらしい。ここなら水に流されることもないだろうと、黒岩の側に穴を掘ることにした。

地盤は硬かったが、馬力のある御仁《ごじん》が複数いたので、なんとか掘り進めることができた。大きく深い穴が掘られ、その中に布に包んだシロがそっと置かれる。

みんなで少しずつ土を被せていった。シロの姿が見えなくなると、周りに同じ大きさの石を並べ、中央に花を添えた。ここに来る途中にめいめいで摘んだ、野の花を束ねたものだ。

朝方ふくが届けてくれた蛇の土産も、紙に包んで花の横に添えた。ふくがこの場所を覚えたら、きっとお供え物を持ってしょっちゅう来てくれるだろう。

手を合わせ、シロの冥福を祈る。捨て吉を連れてまた来るからねと、再来を約束した。

「おれと一緒にいなかったら、シロはもっと長生きできたかな」

花が添えられたシロの墓に向かい、捨て吉が言った。

「おれと一緒じゃなかったら、怪我《けが》をすることもなかったし、山で自由に生きられたんだよな。シロは魚獲るのが上手かったし」

村から逃げるとき、一緒に来てくれて嬉しかった。親と離れたときも、シロがいてくれて心強かった。けれどシロにとってはどうだったのだろうかと。

「シロはもともと野良だったから、本当はおれともこんなに一緒にいるつもりじゃなかったんだと思う。けど、おれ、一人っきりはおっかなくて、シロに逃げないでくれ、一緒にいようなって、何回も頼んだんだ。だから、可哀想に思って、一緒にいてくれたんだと思う」

悪かったなあ、と言って、捨て吉はシロが眠っている土を撫でる。

「それなのに、おれはそらさまたちに拾われて、城に連れていかれたら、すっかり安心して、シロのことをほったらかしにしたんだ」

後悔の滲《にじ》む声音で、捨て吉がごめんなと、シロに謝る。

「あんなに守ってもらったのに、おれ、楽しくって、シロをほったらかして遊んでばっかりいた。こんななら、おれなんかについてくるんじゃなかったって、思ったかもしれない」

新しい生活に夢中になり、シロを蔑《ないがし》ろにしてしまったと、シロがいなくなった今、捨て吉は後悔の念に苛《さいな》まれている。

「捨て吉、シロはそのようなことを思わないぞ」

シロの墓に向かって懺悔《ざんげ》しながら、ほろほろと涙を落とす捨て吉に、高虎はそう言って隣にしゃがみ込んだ。

「捨て吉、シロは犬だから、可哀想に思って一緒にいてやるだとか、頼まれたから逃げなかったとか、そのようなことは考えない」

「そうかなあ。でも……」

「犬は人とは違う。獣だ。いいか。獣は後悔だとか、感謝を欲する感情を持たないのだ。シロがおまえと共にいたのは、ただただおまえを慈《いつく》しんだからだ。一緒にいたいからついてきた。愛《いと》しいから守った。おまえと共にいることを望み、その望みの通りに行動しただけだ」

低く、穏やかな声で、高虎が捨て吉を諭す。だからおまえも後悔などするなと、小さな背に手を触れ、優しく撫で擦《さす》った。

「またここに来よう。景色も良く、とてもいい場所だ。遠い将来、おまえが命の終わりを迎えたときにもここにくればいい。きっとシロに会えるだろう」

「うん。そうする。シロとの待ち合わせ場所だから。ここなら絶対に間違わない」

「ならばそのときにシロに聞いてみたらいい。おまえはおれと共にいて、後悔したかと。シロはきっと笑い飛ばすと思うぞ」

「そうかなあ……。そうだといいな」

「そうに決まっている。おまえはここでのことをずっと楽しそうに語っていたではないか。シロもきっと同じだ。待ち合わせて再び出会ったら、シロは魚獲りに誘うかもしれないな」

「次はおれのほうがでっかい魚を獲ってやる」

「ならば魚獲りの練習をしなくてはならないな」

「うん！」

捨て吉が元気よく返事をして、絶対に負けないからと、シロの墓に向かって宣言した。

今際《いまわ》の際に響かせた、シロの声を思い出す。最期に聞いたあの鳴き声は、もしかしたら待ち合わせのあの場所で待っているぞという、捨て吉に向けての合図だったのかもしれない。

今でも耳に残っているシロの声は、信じられないほど力強く、そしてとても楽しそうだったのだから。

シロを埋葬して城に戻った頃には、すでに夜になっていた。

捨て吉は山を下りる途中で寝落ちてしまい、佐竹の背に負ぶわれている。

空良たちの寝所に運ぼうと思い、捨て吉を引き取ろうとしたら、目を覚ました捨て吉が、今日も庭の小屋で眠りたいと言った。あの小屋での独り寝は辛《つら》かろうと気を遣うが、捨て吉が譲らないので庭に連れていった。

シロと捨て吉の寝床の小屋まで行くと、そこには花が手向《たむ》けられていた。シロの好物だった魚の汁飯や、団子なども置いてある。シロがどれだけ城の者たちに可愛がられていたのかが分かる、庭の一隅の風景だった。

眠い目を擦りながら、捨て吉が小屋に入っていく。布団に包まると、すぐに寝息を立て始めた。昨日の夜半過ぎにシロとお別れをし、それからずっと山を歩いていたのだ。疲れたのだろう。今はそれが救いだと思った。できれば朝までぐっすり眠ってほしい。

それでも夜中に目を覚ましたときに寂しがらないだろうかと気を揉《も》んでいると、下働きの者たちが交替で見守ると申し出てくれた。捨て吉の寝顔を覗き込み、涙ぐむ者もいる。

夜も遅い時刻だが、高虎も空良もこのまま休むわけにはいかず、捨て吉のことを下の者たちに託し、本日の報告を聞くために城内へ急いだ。高虎と空良を始め、要人がほとんど留守にした一日は、大変だったろう。けれども誰も恨み言一つ言わず、労《いたわ》る様子さえ見せる。

ここにいるのは優しい人ばかりだ。それがとても嬉しく、誇らしいと思った。

諸々《もろもろ》の雑事を済ませ、奥座敷に戻ったのは、そろそろ日付が変わろうかという時刻だった。

「夜も更けたが、少しだけ酒に付き合え」

疲れてはいたが、そのまま寝入る気分になれずにいた空良だが、高虎も同じだったらしく、そう言って晩酌に誘われた。

酒を満たした盃《さかずき》を、お互いに無言のまま掲げ、口に運ぶ。シロに向けた弔いの盃だ。甘辛い液体が喉を通り過ぎると、胸の辺りにわだかまっていた、哀しみや寂しさ、もっと何かしてやれたのではないかという後悔の念が流れ落ちていき、ほんの少し楽になった。

「……別れは辛いな」

空になった盃を見つめながら、思わず零れ落ちたというように、高虎が声を出す。

「それが何者であっても、心が痛む」

優しい夫は、ほんの僅か過ごしただけの老犬にさえ情を移し、その死を悲しんでいる。

「俺でさえこうなのだから、捨て吉はもっと辛かろう。心を配ってやらねばなるまいな」

そして残された者の気持ちを慮《おもんばか》り、自分自身も辛そうに眉を寄せるのだ。

「はい。わたしも辛《つろ》うございます。辺りを憚《はばか》らずに泣いてしまいました」

「よいよい。悲しいときは我慢するものではない」

そう言って空良の肩を引き寄せ、慰めるように髪を撫でてくれた。

「シロとの別れは辛いですが、同時に、間に合ってよかったと、そう思います」

二人の別れの場が、誰もいない山奥でなくてよかった。

空良たちと出会えていなかったら、あの山でシロの怪我があのままだったら、シロの死は捨て吉にとって、もっと辛いものになっていただろう。

皆に見守られ、一緒に哀しんでくれる者がいたことが、救いになってくれたらいい。

今、空良を優しく慰めてくれるこの手のように、捨て吉の哀しみを少しでも癒してあげたいと思う。

「シロは、捨て吉が安寧の地を得るまで、ひたすら頑張って守っていたのでしょう。それを見届け、ようやく安心してお別れができたのだと思います」

「そうだな。シロの捨て吉を守ろうとする気概には壮絶なものがあった。犬といえど、心を通わせれば、その愛着は凄《すさ》まじいものになるのだな」

「犬だから、獣だから、純粋に慈しみの心を持ち続けたのでしょう。旦那さまが仰《おっしゃ》ったではないですか」

シロの墓前で、後悔の念に苛まれている捨て吉に掛けた高虎の言葉は、空良の心にも染み入った。

獣は後悔もせず、感謝の心も求めない。ただ慈しんだだけだと。

「あの言葉を聞き、空良は自分の成り立ちの素《もと》を見つけたような気がいたしました」

「そなたの成り立ちの素……？」

高虎が不思議そうに空良の顔を覗いている。

「旦那さまも魁傑さまも、その他のわたしと関わった方々もみんな、わたしの性質《せいしつ》を不思議がります。わたしの過去を聞き、心を痛めてくださいます。そして皆さんが揃《そろ》って、不思議がるのです。それほどの仕打ちを受けて、何故《なぜ》くじけないのか。捻《ひね》くれもせずに、よく真《ま》っ直《す》ぐな心根を持ち続けたものだと」

そんな言葉をもらえば、面《おも》はゆい思いをするが、心が綺麗だと言われれば、嬉しくもある。

「それはそうだな。今でも不思議に思っている。俺なら親を恨み、世話役の厩番《うまやばん》を恨み、誰も彼もを恨んだだろう」

空良の過去を思うとき、高虎は眉を顰《ひそ》め、心底辛そうな顔をする。

「空良は旦那さまに娶《めと》られて幸福を知りました。そして、自分が可哀想だったことも知りました。ですが、恨む気持ちはないのです。何故なら、わたしの周りには、いつも慈しみの心が溢れていたのですから」

物心ついたときには、すでに馬小屋で生活をしていた。人は空良のことを遠巻きにしたが、直接悪意をぶつけたことはなかったのだ。自分の周りにいたのは、一緒に暮らした馬たち、そして山や林で出会った鳥たちだ。

「馬にも鳥にも悪意などありませんでした。旦那さまが仰ったように、わたしはただただ慈しみの心に包まれていたのです。捻くれる要因など何もなかったのです」

空良の話を聞き、高虎が思案顔になる。「そうか。そういうものなのか」と、噛み砕くように呟《つぶや》いている。

「そう言われてみれば合点《がてん》がいくような気もするし、それだけでこれほど心が清らかなままでいられるのかと、やはり不思議な思いも残る」

だが、と高虎が言葉を切り、にっこりと笑った。

「空良が今の空良のままでいてくれたことに、俺は感謝する」

「旦那さま。空良も旦那さまと出会えたことに感謝します」

慈しみの心は今でも受け取っている。夫の大きな愛に包まれて、空良は幸せだ。

「伊久琵《いくび》にいた頃、わたしは幸福というものを知りませんでした。慈愛に包まれていながら、それがどういうものかも分かっていませんでした。すべて旦那さまが教えてくださったのですよ」

人と接しない生活のなか、空良には心の機微というものが育たなかった。だから赤子のように無垢《むく》なまま、何も知らずにいたのだと思う。

「喜びも、悲しみも、嫉妬《しっと》や怒りも、すべて旦那さまが教えてくださいました。様々な感情を覚え、……ときどき苦しいこともありますが、その苦しささえ愛しいのです」

高虎に出会い、空良という名をもらい、自分は初めて人というものになれたのだ。

自分は三国一の幸せ者だと、高虎に笑顔を向けると、高虎がきつく抱き締めてきた。

「おまえというやつは……、どうしてそう愛くるしいのだ。出会ってから五年も経つのに、毎日想いが膨らんでいく」

「旦那さま、ちょっと、苦し……」

大きな身体でギュウギュウに抱き締められて、息が詰まる。ハッとして力を弱めた高虎は、

「どうしてくれよう」と言いながら、困ったように眉を下げ、再び抱き締めてくる。

「どうにでもしてくださいませ」

空良の言葉に、高虎の眉がギュッと寄せられた。

「空良は旦那さまのものですから、どのようにされてもかまわないのですよ」

ゆったりと笑う空良に、高虎が一瞬目を見張る。

「そなた、そのような手管を誰から教わったのだ?」

「旦那さましかおりません」

何もかも高虎に教えられた。「知っているでしょうに」と微笑めば、高虎の瞳に、獰猛《どうもう》な灯《ひ》が宿るのだった。


「旦那さま……待っ……」

「待たない」

蠟燭《ろうそく》の火が二人の動きに呼応するように揺らめいている。

「や、……っ、苦し……ぃ」

「力を抜け。そうすれば苦しくないだろう？」

胡座《あぐら》をかいた高虎の上に乗せられている。腰に当てられた手の力が強まり、動いてみせろと促される。

「もう、もう……堪忍《かんにん》してください」

「煽《あお》ったのはそなただろう？　……ほら、身体の力を抜いて、俺に見えるように開いてみせろ」

「や……」

「空良」

はしたない恰好《かっこう》を強要されて、恥ずかしさにふるふると首を振ると、今度は優しい声で名を呼ばれる。

「あ……、あ」

夫の命令に抗えず、震えながら少しずつ足を開いていく。高虎の上に乗ったまま、貫かれている秘部が露《あら》わになった。羞恥《しゅうち》でどうにかなりそうだ。

「良い景色だ」

それなのに高虎は、こんな有様を見て、嬉しそうに笑うのだ。

「先が濡れているな。……おまえも嬉しいか」

「違う……」

「違うのか？　これほど嬉し涙を流しているのに」

腰を引き寄せられて、唇が重なる。

「ん、ん……ぅ」

夫の狼狽《ろうばい》した姿が可愛らしくて、悪戯《いたずら》心を働かせたのが悪かった。空良の挑発に高虎は易易と乗ってきた。そして手酷い反撃を受けている。降参しても許してもらえずこの有様だ。

動けと促されて、足を開いたままの状態で腰を上下させる。触れられずにいる空良のささやかな雄芯が、焦《じ》れたように更に涙を零す。

「旦那さま、旦那さま……、もう、いや……ぁ」

「何が嫌なのだ？」

乱れる空良の姿を眺めながら、高虎の口端が意地悪げに吊り上がった。

「言ってくれ。言わないと分からない」

分かっているくせにそんな意地悪を言う夫を睨《にら》むが、まるで応える様子もなく、「ほら」と、催促された。

「……ここ、さわ……て、ほし……」

自ら足を開き、その場所をさらけ出す。ここに刺激がほしい。可愛がってほしいと、涙目で訴えたら、ようやく願いが叶《かな》えられた。

「ああっ、あ、あっ、……ん、ぅ、んぁあ」

茎を握られ、突き上げられると同時に上下に擦られる。背中を仰《の》け反《ぞ》らせ、高虎の手の動きに合わせて空良は高虎の上で踊った。

「ああ、素晴らしい光景だ」

「旦那さま、……ああ、旦那さま、ぁ……」

譫言《うわごと》のように夫を呼び、激しく身体を波立たせる。背中に回った手で引き寄せられ、胸の先を啄《ついば》まれた。

「ぁ、……ん、旦那さまぁ」

「景色も良く、囀《さえず》る声も美しい。なんと希有《けう》なことよ」

乱れきった痴態《ちたい》を高虎が褒めてくれる。喜びと快感が羞恥を凌駕《りょうが》し、ただただ溺《おぼ》れていく。夢中になって夫を貪っているうちに、やがて頂きが見えてきた。よりいっそう腰を振り立てながら、高虎の身体にしがみつく。

「旦那さま……ああ、あぁあ、んんぅ、あ、あ、旦那さまぁ……」

溢れた涙を気にする暇もなく、頂きに向けて駆け上がった。腹の中に渦巻いていた快楽の波が、外へと迸《ほとばし》る。

「っ、ああっ、……あ――っ」

ビクビクと身体を痙攣させながら、夫の上で精を放った。高虎はそんな空良の姿を見つめながら、ゆっくりと、力強く、下から穿《うが》ってくる。

「俺から離れるなよ。空良……ずっと側にいてくれ」

放埒《ほうらつ》の余韻に朦朧《もうろう》とするなか、高虎の声が聞こえてきた。

甘い声は、何故だか泣き出しそうな声音にも聞こえ、空良は夫の頭を抱きかかえ、「ええ。離れません。ずっとお側にいます」と、答えた。


シロとお別れしてからも、空良たちは休む間もなく働いた。空良は予定している刈り入れの準備をし、高虎も魁傑ら家臣を引き連れ、諸々の雑事に追われている。

優秀な人材が欲しいと、切実に思う日々の忙しさだ。

そして予定通りに稲刈りが行われた。忙しい合間を縫って、空良は農村へ出掛け、彦太郎たちを労《ねぎら》った。予測していた通り天候は上々で、作業は滞りなく行われているようだ。空良の的確な天候予測のお蔭で助かっていると、彦太郎始め大勢の農民たちに感謝された。

お付きの者に酒を振る舞うようにと言いつけ、急ぎ城に戻ると、菊七の姿があった。シロと捨て吉が過ごしていた小屋の前に座り、捨て吉と思い出話をしている。

「あんまり可愛くねえやつだったけど、いなくなるとやっぱりちょっと寂しいな」

「シロは可愛いよ。それにうんと利口だった。シロは菊七さんのことを、ちょっとは好きだったと思うよ」

「ふうん。よく呻られてたけどな」

「それは菊七さんの態度が悪いからだよ。シロが本気で怒ったら、呻るだけじゃ済まないよ」

「そうか。まあ、俺もちょっとはあいつのことを気に入っていたさ」

「うん。あっ、それシロにもらった菓子なんだぞ。菊七さん、食うなよ」

お供え物の菓子を菊七に取られ、捨て吉が怒っている。

シロたちのために作った小屋は、しばらくは撤去しないことにしてある。捨て吉自身は昨日から下働きの者たちが住まう部屋に移り、そこで生活を始めた。空良たちの寝所にまた来ればいいと言ったのだが、遠慮されてしまった。仕事を手伝っているうちに親しくなった人に誘われ、そちらへ移ることを決めたようだ。

「一つぐらいいいじゃねえか。急いで来たから腹減ってんだよ」

「罰《ばち》当たりだな」

「んなもん今更だ」

悪態を吐きながら、落雁《らくがん》を口に放り込んでいる菊七は、本当に急いで来たのだと思う。シロの訃報を聞き、飛んできたのだろう。きつい口を利きながらも、捨て吉に向ける眼差《まなざ》しが優しい。

腹を空《す》かせている菊七のために、茶と茶菓子を用意させた。捨て吉の表情は昨日までよりもずっと明るい。やはり菊七が来てくれてよかったと思う。

縁側に移り、お茶を飲みながら、三人でシロの思い出話を続けた。

「そらさまやご城主さまに手伝ってもらって、山の上に墓を作ってもらったんだ」

「殿様とそのご伴侶様を働かせたのか。そりゃ豪気だな」

「今度菊七さんも連れてったげる。うんといい場所なんだからな」

「おう。どうしてもって言うなら行ってやるぜ?」

「どうしてもだ。本当にいい場所なんだ。菊七さんにも見てもらいたい」

菊七をシロの墓に連れていき、お互いにちょっとは気に入っていた者同士でお別れをさせてあげたいという、捨て吉の願いが垣間見《かいまみ》られた。菊七はそんな捨て吉の頭をグリグリと撫で、「じゃあ、いつか行くか」と、約束している。

「そんときは、シロの墓の前で鎮魂の舞いでも披露してやるか」

「ちんこんのまい……?」

言葉を繰り返しながら首を傾げる捨て吉に、菊七は笑って説明してくれた。

「魂を鎮めるためにする踊りだ。神楽舞《かぐらまい》が基になっているんだが、けっこう評判がいいんだぞ? 特に俺が舞うと、おひねりが雨あられだ」

元々は、神の御霊《みたま》を鎮めるための舞いだったものを、芝居の中に取り入れたのだという。『祈り』という名のそれは、戦で命を落とした相手のために、妻や夫、姫などが故人を偲《しの》んで舞うのだそうだ。

菊七の説明を聞いた捨て吉が、目を輝かせて「今見たい」とねだった。

「ばーか。用意もなんもしてねえから無理だ。鳴り物もねえし」

「どうしても駄目か?」

そんなふうにねだられると、気の好《い》い菊七は素気《すげ》なくできない。「さわりだけだぞ?」と念を押して、縁側から庭に降り立ち、小屋の前に供えてあった花を一輪手に取った。

「まあ、気持ちが籠《こ》もっていれば、小道具なんざどうでもいいか」

そう言って花を掲げたまま、菊七は地面に両膝をつき、静かに平伏した。

ゆらりと身体が揺れ、重さをまったく感じさせない動きで、菊七が立ち上がる。その動作がまるで浮き上がったように見えて、空良は思わず目を見張った。隣で見ている捨て吉も、目をまん丸にして口を開けている。

右手に翳《かざ》した一輪の花は、扇の代わりのようで、優雅な仕草で腕を振り、舞うように花が揺れていた。動きは静かなのに、菊七の周りだけ風を纏《まと》ったように着物の裾が翻《ひるがえ》る。

どのように動いても、身体の向きを変えても、菊七の視線は一点を見つめたまま動かず、まるでそこに誰かがいるように見えた。目の前にいるその者に触れようとしてそれが叶わず、悲哀の感情が菊七の舞いから伝わってきた。

やがて視線が徐々に上がっていく。

両腕を高く、高く掲げ、天に帰るその人を見送る。美貌《びぼう》の横顔は菊七のものだが、まったく違う人物にも見えた。別れを名残《なごり》惜しむ表情は、この世の者とは思えないほど美しく、哀しげで、慈愛に満ちていた。

見えなくなるまで見送った踊り手は、最初のときと同じように地面に額《ぬか》づく。その姿は大切な人を失った悲しみに打ちひしがれているように見え、同時に深く祈りを捧げているようにも見えた。

舞いの終わりを悟っても、口を利くことができないでいた。菊七の芝居は何度も観たが、これほど心に響く舞いを見せられたのは初めてだった。胸が閊《つか》え、目の奥がジンと熱くなった。片手間の舞いでこれほど感動させられるとは思わない。菊七は、シロと捨て吉のために、心からの鎮魂を祈ってくれたのだと理解した。

「……ってまあ、こんな感じだ」

立ち上がった菊七は、先ほどのような浮遊感は身に纏っていない。照れくさそうに頭を掻いている表情は、捨て吉が少しでも慰められたかと、窺っているように見えた。

一拍遅れて空良は手を叩き、捨て吉もそれに続いた。手が痛くなるほどの拍手を浴び、菊七が「やり過ぎだ」と言って仏頂面《ぶっちょうづら》を作った。

凄い、凄いと興奮して、捨て吉が菊七に飛びついている。

「今度、絶対シロの墓の前で、今の踊りをやってくれ」

「ああ。いいぞ。ちゃんと小道具も準備して、舞ってやらあ」

菊七が晴れやかに笑い、『祈り』の舞いの披露を約束した。

「じゃあ、そろそろお暇《いとま》するわ。ああ、ついでの用事も済ませておくか。そら吉、魁傑の兄貴に言付けを頼むよ。例の仕事の話だ」

城主から請け負った仕事をあくまでついでと言い、しかも魁傑を通してしか言付けも頼まない。城にこれほど頻繁に出入りしているのも、菊七にとっては異例のことだ。それだけ捨て吉を気にかけていることが分かる。それを指摘すると明後日《あさって》の方向に言い訳をしながらへそを曲げることが分かっているので、何も言わない。

「そろそろお膳立てが整いそうだと座長からの伝言だ」

「分かりました。時を置かずにたたみかけます」

「随分意気込んでんなあ」

空良の勇ましい受け答えに、菊七が驚いたように目を見開いた。

「これでも我慢して時間を置いているのですよ。冬になる前にはすべてを終わらせなければなりません」

悠長に時間を置けば、負担が増える。その負担を負うのは民なのだ。苦しむ時間はできるだけ少ないほうがいい。

シロがいなくなった捨て吉を、できれば両親の元に帰してあげたかった。けれどそれは叶わないのだ。そんな子どもがあの山の向こうにたくさんいるのかと思えば、気が急《せ》いて仕方がない。

「旦那さまも早《はよ》う決着をつけたいと仰《おお》せです。命の重さは、他領も自領も関係ありません。……明日の命を心配しながら、眠りに就くのはしんどいです」

「そうだよなあ……」

空良の言葉に、菊七は相槌《あいづち》を打ちながら、何かを思い出すように遠い目をした。

「飢えは気力も何もかも奪っていくからな。そんな思いはもうしたくねえな」

そう言って、菊七は側にいる捨て吉の頭を、ぐしゃぐしゃに撫でるのだった。


頭上には重い雲が垂れ込めている。今にも降り出しそうな曇天の下、五千の兵を率いた高虎は、眼前にある城垣を睨みつけていた。

城下町の手前、前方に城を望む形で陣を敷いている。町の奥にある一際高い石垣の上にあるのが佐矢間城だ。

山に囲まれた盆地は空が狭く、息苦しさがある。隼瀬浦《はやせうら》も山の多い土地だったが、このような閉塞感はなかったと、高虎の側に控えながら、空良は思った。

稲刈りのあとの乾燥も順調に進み、憂いのなくなった秋の終わり、日向埼は巷《ちまた》で噂されていた通り、隣国佐矢間に向けて出陣した。

先陣として五千の兵を出したが、領地には予備五千が待機している。足に自信のある歩兵たちだ。号令を受ければ半日も掛からずに合流できる。

敵方の城は定石通り籠城《ろうじょう》の構えを取っている。すぐに攻め入ったとて、敵の内情は七割方がこちら側に寝返っているのだ。攻め落とすのに時間は掛からないだろう。

攻めればすぐに落ちるのを知っていて尚動かないのは、余所からの「待った」の声が掛かっているからだ。

日向埼から遥《はる》か遠くにある三好芦《みよしろ》という国が、佐矢間と日向埼、そして佐矢間の後ろ盾となる丹波の国との調整役に名乗り出て、ただいまその返答を待っているところだった。

もちろんこれは、日向埼からの根回しがあってのことである。

丹波としては日向埼と事を構えるのは気が進まず、佐矢間を切り捨てるのも外聞が悪い。日向埼に対し、下手《したて》に出るのも業腹《ごうはら》だ。大国としての立場を保ちつつ、戦を回避したかった。

しかしそのための根回しをするには、時期が遅すぎたのだ。

手をこまねいているうちに、状況は刻々と悪化していき、とうとう日向埼が陣を整えたとの知らせが届き、慌てているところに調整役の登場である。すぐに飛びついたであろうことは想像に容易い。

調整役を買ってでた三好芦という国は、西南の内陸部にある中領地だ。丹波とはまた別の大国を後ろ盾としていたが、先の大戦でその大国が大敗し、新しい後ろ盾を探していた。そこへ、日向埼からの要請である。調整役として働いてくれた暁《あかつき》には、同じ西南地域にある強国への橋渡しをするという条件を出した。

西南の強国とは、『伏見の鬼瓦《ふしみのおにがわら》』の二つ名を持つ伏見元徳《げんとく》が治める国、岩浪《いわなみ》である。もちろんこちらも根回し済みだ。

伏見のほうからは、調整役なら自分が出てもいいという申し出もあったが、謹《つつし》んで辞退した。釣り合いを考えれば、岩浪は大国すぎるのだ。これでは調整というより力押しという形になる。日向埼との関係も近すぎ、警戒されることを懸念した。

あとは条件を擂《す》り合わせ、形だけの協議を行い、和睦に持っていくだけだ。攻められている側の佐矢間は、完全に蚊帳《かや》の外である。

「空良殿、この空模様では雨がきそうですが、いつ頃降りますかな」

天幕の中で高虎の側に控えていると、魁傑が声を掛けてきた。いつ降るのかが分かれば、野営の準備などの計画が立てやすい。

「今日一日は降りませんよ。あの雲はこの季節にはずっとこの辺りにある雲ですから。雨雲ではありません」

「それは助かる。しかし、そうなると、この辺りはずっとこのような天候なのですか。日向埼とはまるで違うのですな」

山一つ隔てただけで、これほど天候が違うことに、魁傑は驚いているようだ。

「ずっとこれでは気が滅入《めい》りますなあ」

曇天と、四方を山で囲まれたゆえの視界の狭さ。日向埼の開けた風景に慣れ親しんでしまうと、そんなふうに感じてしまうのも仕方のないことだろう。

天候の話題であたりさわりのない会話をしながら、魁傑がちらりと高虎の様子を窺った。

高虎は空良たちの会話に入ってくることもなく、ずっと前方を睨んでいる。

鎧《よろい》を着込み、畳床几《たたみしょうぎ》に座った姿は、いつでも出陣できるほどの臨戦態勢だ。和睦のための協議を待つような姿ではない。

不動のまま一点を見据える高虎に、魁傑はそれ以上何も言わずに一礼して天幕から去った。ビリビリした空気が天幕の中を満たしていた。空良でさえ、声を掛けるのを躊躇《ためら》うような高虎の姿だ。

高虎のこの状態は、敵地である佐矢間に足を踏み入れてから、ずっと続いていた。

佐矢間の土地は荒れていた。想像はしていたが、目で見た実際の光景は、それ以上だった。

春先に国境から見下ろしたときよりも、土砂崩れの範囲が広がっていた。畑も家屋も潰れ、復興作業もなされずに放置されたまま、瓦礫《がれき》と化している。

その土地の者なのだろう人々が、瓦礫から拾ってきた板きれを並べ、あばら屋を建てていた。板は腐り、泥にまみれた土では基礎も打てずに傾いでいる。それでも行くところがなく、そこで生活をしなければならない人々の目はうつろに淀《よど》んでいた。

誰も彼もが痩せ細り、辛《かろ》うじて残った畑の収穫を頼りに一日一日を生き延びているような有様だ。その僅かな収穫すら、これから冬を迎えることを思えば絶望的だ。

兵を率いて闊歩《かっぽ》する日向埼の行軍を目にしても、驚きも恐れもしない。ただボンヤリと前を行く兵たちの姿を眺めている。感情すらなくなってしまったようだった。

佐矢間城のある町も人の気配が感じられない。軍の侵攻を目撃し、逃げ出したのか、或いは家屋に引きこもり、固唾《かたず》を呑《の》んで見守っているのか。それにしても、うらぶれた空気感は、突然の行軍が理由だとは思えなかった。

「殿、先触れが参りました。佐矢間、三好芦、そして丹波の三国の名代《みょうだい》が参ります」

天幕の外から桂木の声が聞こえてくると、高虎が立ち上がった。天幕を出て、協議のために用意された別の天幕に向かっていく。まだ先触れの段階なのに、いち早く行動を起こす高虎に、桂木が珍しく表情を変えた。目を見開いている桂木にかまわず、高虎がその前を大股で通り過ぎていった。

新たな天幕の中に入ると、中央奥にドカリと腰を下ろし、高虎が腕を組む。相変わらずビリビリとした殺気を放っている。あとについてきた魁傑が無言のままその右脇に立った。魁傑の視線に促され、空良も高虎の左脇に立つ。

待つこと四半刻《しはんとき》、お供を連れた武人が三名、一礼をして天幕の中に入ってきた。すでに席に着いている高虎の姿を認めると、軽く目を見張り、それから何事もなかったように指定された席に着く。

当主自らが出迎えたことに驚いたのか、それとも高虎の凄みのある様相に気圧《けお》されたのか、表情はいたって静かだが、全員のこめかみから汗が流れていた。参加者が揃っても、高虎は何も言わず、真っ直ぐ前方に視線を向けたまま、微動《びどう》だにしない。

「……え、それでは本日の三国の和睦に向けての協議にあたり、僭越《せんえつ》ながら、私がこの場を仕切らせていただきます。三好芦当主代理、石川仁左衛門《いしかわにんざえもん》と申します」

調整役の三好芦の名代が沈黙を破り、協議が始まる。石川と名乗った男は、この中では一番年嵩《としかさ》で老人に近い。眉の薄い穏やかそうな顔貌《がんぼう》をしている。

次に名乗ったのは佐矢間の名代で、沢村京之助《さわむらきょうのすけ》といった。四十代の前半ぐらいか。細い目が鋭く、切れ者のような雰囲気がした。彼が噂の筆頭家老だろうか。

最後は丹波の国の名代、宇喜田善継《うきたよしつぐ》という男だ。こちらは三十代半ばの武人然とした偉《い》丈夫《じょうふ》だった。高虎の居丈高《いたけだか》な態度に、唯一眉を顰めるという意思表示をした。

「それでは協議を始めさせていただきます。このたびの協議に至ることになった発端は、佐矢間領の民の流出によるものでございまして……」

石川が、これまでの経緯《けいい》を説明していく。佐矢間、日向埼間の流民問題から、お互いの主張の折り合いが付かずに開戦までに至ったこと。佐矢間を属国に持つ丹波の国ではその事情を知らず、三好芦からの知らせを聞き、初めて事を知ったこと。

折良く知らせをくれた三好芦が、そのまま調整役を買って出てくれたため、こうして三国が顔を合わせることになったこと。

「こちらとしてもまったくの寝耳に水で、三好芦のほうから話を聞くまで何も知らずにおったわけだ。だが、こうして知ったからには、事が上手く進むよう、助力は惜しまぬつもりだ。日向埼とも最近交易を通じて友好的な関係を結んでおる。この縁を大切にしたいと、我が殿も申しておる。佐矢間とのことも些細《ささい》な行き違いじゃ。我が国に免じて、矛《ほこ》を収めることを希望する」

あくまで丹波は事情をまったく知らず、平和裏に事を収める助力をするために、この場にいるとの主張だった。

「では矛を収めるにあたり、どのような助力をするつもりなのかを聞こう」

高虎が初めて口を利いた。その声音は鋭く、曖昧な答えは許さないという態度だ。真っ直ぐに問われた宇喜田は、まるで突然斬りつけられたかのような顔をしている。

「問題となっている流民に関してだが、それに至るまでの理由はその方たちが今この目で確かめたであろう。その解決方法をお聞かせ願いたい」

「解決方法、と言われましても……」

「その方らは領地の有様を見たはずだ。当地に住む沢村殿ならば、以前より知っていただろう。無理な山の伐採を推し進めたせいで、土砂崩れが頻発している。その解決方法を示唆《しさ》できなければ、流民は増え続け、我が領地に流れ込む。それをどうお考えか」

高虎の舌鋒《ぜっぽう》に周りが黙り込む。

「……今指摘された我が領地の現状ですが、仰る通りです。ここは後ろ盾を賜《たまわ》っている丹波に、是非支援のほどをお願いしたく」

これまで黙っていた佐矢間の名代である沢村が口を開いた。阿《おもね》るような口調だが、視線は鋭く、丹波の出方を試しているようだ。

「山は削れてしまいましたが、まだ別の方面には良質な木が多量に残っております。大国丹波の国から復興のための支援をいただければ、流民の問題も早々に解決できるかと存じます」

「うむ……、多少の支援に関しては、後ろ盾としての義務もあるからな、吝《やぶさ》かではないのだが。まあそのあたりは国元に帰ってよく吟味せねばなるまい」

その場での具体的な返答を避け、宇喜田がしかつめらしい顔を作る。

「なにとぞよろしくお頼み申します」

二人のやり取りを聞いていて、この人が例の筆頭家老だと確信した。

国の現状が外に漏れぬようにひた隠しにしておいて、問題が露見すればくるりと方針を変え、弱者の立場で支援を訴える。その手腕は以前の交易を巡っての駆け引きと酷似していた。

その上日向埼との軋轢《あつれき》問題を横に滑らせ、支援獲得の話題へとすり替える。狡猾《こうかつ》というか、機転が利くといえばいいのか、とにかく油断のできない人物であるのは確かだ。

彼がいなければ、佐矢間はもっと早くに崩壊していただろう。それが良いことだとは言えないが、もしも他の当主に仕えていたらと思うと、興味が湧いた。

「話が逸れたようだが、こちらの言い分を聞いてもらおう」

高虎も同じように感じたのか、一瞬緩んだ空気を再び元に戻す。

「此度《こたび》の和睦の条件は、佐矢間現当主の領地取り上げ、及び切腹。これを第一と心得よ」

高虎の宣言に、これまで静かな表情を保っていた沢村が「な……っ」と声を上げたまま絶句した。

「佐矢間の今後については丹波に任せる。そなたらの属国であるからな。責任を取られよ。丹波由縁《ゆかり》の者か、または信頼の置ける家臣を代官に立てるか、好きにすればいい。そのほうが支援もしやすいであろう」

「お、お待ちください、切腹など、それはあまりに無体でございます」

慌てた沢村が異議を唱えるが、高虎は歯牙《しが》にも掛けずに睨みつける。

「無体なことを延々とやってのけたのはその方の当主だ。土地を死なせ、民を苦しめ、これほど荒廃させた責任を取らずして、解決は望めぬ」

「しかし……」

「それ以外の和睦の条件は呑まぬ」

本当ならば、今日は早急な解決を望まずに、何度か両国間で条件を擂り合わせ、最終的に、当主の領地取り上げまで持っていく予定だったのだ。丹波の本音は佐矢間を切り捨てたく、隣国である日向埼に上手く押しつけたいと考えていたようだ。その情報は事前に知っていて、こちらとしてもなんとか丹波に責任を負わせようと、いろいろ画策していたのだが。

実際に敵地に赴き土地の現状を目《ま》の当たりにした高虎が、すべてを飛び越えて最後通牒《つうちょう》を突きつけてしまった。

「こちら側からの意思は伝えた。この意思は変わらぬ」

座ったままの高虎の身体から、ブワリと殺気が溢れ出す。それまでもただこの場にいるだけで緊張を強いられるような気迫を放っていたが、その数倍の気を放ち、相手を黙らせた。

この土地に足を踏み入れてから、高虎はずっと憤《いきどお》っているのだ。

こうなる前にいくらでも策はあったはずだ。しかし佐矢間の当主は打開策を設けず、大勢の民を飢えさせ、逃げる者を追い詰め、捨て吉のような被害者を作った。

「返答は如何《いか》に」

丹波の名代も、調整役の石川も、額《ひたい》に脂汗を浮かばせている。

「……しばし時間をいただきたい」

丹波の名代が絞り出すような声で言った。

「その方の提案はあまりにも性急で、己の一存では決めかねる」

「ならば三日待とう」

間髪を容れずに高虎が声を出した。

「三日後までに返答を持ってまいれ。返答がなければ後詰めの兵を召集し、城を攻める」

「……大戦に発展しますぞ。事は佐矢間との小競り合いでは収まりませぬ」

「かまわぬ。魁傑！　早馬を飛ばせ。同盟国、連合国に経過を伝え、応援を要請せよ」

「待たれよ！」

「三日待つと言ったが？」

不敵な笑みを浮かべ、高虎が一同を睨み下ろした。意思は固く、敵を殲滅《せんめつ》せんとする気概が身体中から溢れている。

『三雲の鬼神』がそこにいた。

丹波の宇喜田が音を立てて立ち上がり、足早に天幕を出ていく。乱暴な所作は、高虎の傍《ぼう》若《じゃく》無《ぶ》人《じん》な振る舞いに腹を立てたというより、いきなりの宣戦布告にすぐさま自国に報告しようと慌てたためだと思われる。

三好芦の石川は、思いもよらない成り行きに狼狽を隠しもせずにオロオロとしている。

高虎は桂木を呼び、石川の対応を任せた。桂木に連れられて天幕を出ていく石川は、この短時間で一気に年を取ったようなくたびれた風情《ふぜい》を漂わせていた。

「さて、佐矢間の」

そうして茫然《ぼうぜん》としたまま一人残っている沢村に、高虎が声を掛ける。

「その方、俺の下に就く気はないか」

突然の勧誘に、沢村が呆《ほう》けた表情で高虎を見つめた。

「その腹黒さが気に入った。俺に鞍替《くらが》えしろ。上手く使ってやる」

しばらく呆けていた沢村の顔が、みるみる強張っていく。

「私は、生涯佐矢間の当主に仕えることを信条としております」

「先代の当主は仕えるに値する人物だったのだろう。しかし現当主はどうだ？」

「どのような甘言をいただいても、私の考えは変わりませぬ」

「おまえの頑なな忠義は何を守るためにあるのだ？　おまえのいう信条とは、無能な当主に仕え、共に朽《く》ちることか？　それならば引き留めはせぬ」

ギリギリと歯を食いしばり、沢村が高虎を睨み上げる。

「俺ならばおまえを存分に使ってみせるぞ。家臣たちはやり甲斐《がい》を得、民が笑って暮らせる国を、俺は目指している。おまえが仕える当主が作り上げた国はどうだ？　おまえが望み、作り上げた光景が、今のこれなのか？」

「そのような……こと、は……」

たたみかけるような問いに、沢村が初めて動揺を見せた。

「眼《まなこ》を開き現実を見よ」

朗々と響く高虎の声は、耳を通り越して、心の臓に突き刺さるようだ。

「有用な人材を徒《いたずら》に失うのは、惜しいと思ったのだ」

そう言って、鬼神の兜《かぶと》を脱いだ高虎が、一転して柔らかな表情を浮かべる。

「どうしても嫌ならば、おまえのことは諦めよう。だが、おまえの周りにいる他の臣下たちを召し上げる。おまえがこれはと思う人物を俺のもとに寄越してくれ。きっと有能な者たちなのだろう」

高虎の言葉が思いがけなかったのか、沢村はハッとして顔を上げた。

「おまえが忠義を尽くし、命を散らす覚悟ならば仕方あるまい。しかし他の者たちは違う。彼らに愚鈍な君主のあとを追わせないでほしい。頼んだぞ」

高虎はそう言って、「本陣に戻る」と、立ち上がった。

沢村はその場に座り込み、動けないでいるようだ。出口に向かい、高虎が歩を進める。通りすがりぎわ、沢村の肩を叩き、「待っている」と一言告げ、天幕から出ていった。


三日後、急ぎ丹波の国に戻った宇喜田により、丹波の当主の三男を、佐矢間の新たな領主とする旨の返答が高虎の元に届けられた。

佐矢間の国は、現当主がその座を追われ、切腹が断行された。

これをもって日向埼、佐矢間の両国は、開戦することなく終結を迎えることとなる。

調整役の三好芦も、役目を果たしたことを認められ、当初の条件である、強国の後ろ盾を得ることとなった。

領主の交替を機に、佐矢間に仕えていた臣下、約五十名が、日向埼に仕官した。

その中には、沢村京之助の姿もあった。

「これよりは、粉骨砕身し、殿のために働く所存にございます。どうぞご存分に、我々をお使いくださいますよう」

深く低頭する沢村は、相変わらず鋭い目つきをしていたが、その瞳には滾《たぎ》るような熱が宿っていた。


丹波の国から返答が届いてから二日後。高虎は佐矢間に敷いていた陣を解き、空良たちと共に日向埼の城に戻ってきた。

それまでの二日間は、和睦に向けて具体的な話し合いを行い、双方合意のもと、不可侵の取り決めが結ばれた。流民については、当主が代わったことにより、帰りたいという者は帰すが、逃げたことを咎《とが》にはしないことを約束させた。もっとも、帰りたいと思う者はいないのではないかと、空良は考えている。

あとは佐矢間のこれからのことについて、こちらからは余計な口出しは差し控えるが、国境である山の被害が日向埼側に及ばぬよう、直《ただ》ちに対策を立てることを念押しした。大国の丹波であれば、災害の復興や治水の計画、植林などの技能を持っているだろうから、大いに活用してほしいと願っている。

「それにしても、このたびは肝《きも》が冷えました」

武装を解き、奥座敷に戻った空良は、腰を下ろした途端に、大きな溜め息を吐いた。

「勢いで大戦に発展すると思ったか？」

すぐ隣に座り、用意された茶を口に含みながら、高虎が言った。

「恐ろしい思いをさせるつもりはなかったのだが。すまなかったな」

「いいえ。戦になることは、それほど怖くはありません」

鬼神の威圧を放つ高虎の側にいて、恐れることなど何もなかった。どんな相手であろうと必ず撃破できるという確信に包まれる感覚は、恍惚《こうこつ》に近い安心感だ。その類《たぐ》い希《まれ》な逞《たくま》しさに、なんという男の元に嫁いでしまったのかと、あの天幕の中で空良は愕然《がくぜん》としたのだ。

「ならば何に肝を冷やしたのだ？」

「旦那さまがあのまま佐矢間の当主の首を討ち取りに行ってしまうのではないかと、気が気ではありませんでした」

それほどあのときに見せた高虎の怒りは激しいものだった。そして高虎が望めば、それは容易に完遂されただろう。

「どうあっても止めなければと、あのとき魁傑さまと目配せを交わしていたのですよ」

二人で飛びかかってでも止めなければと身構えていたのだ。丹波の国に対して宣戦布告するぐらいはかまわないと思うほど、あのときの高虎の気迫は凄まじかった。

杞憂《きゆう》に終わってよかったと、弱々しく微笑む空良に、高虎は豪快に笑った。

「いかな俺でもそこまで猪突猛進ではないぞ？」

「そうでしょうか。旦那さまの行動は唐突すぎて、予測ができませんもの」

「予測が得意なそなたでもか？」

「ええ。旦那さまは空良の予測の遥か彼方《かなた》をいくお方です」

思う通りにはいかず、いつでも空良を翻弄する。そんな高虎だから、ひとときも目を離せず、常に何を思っているのかを考えてしまうのだ。

「それでも、上手く事が収まってようございました。概《おおむ》ねこちらの思惑通りとなりましたね。流石です」

高虎の激昂《げっこう》は予想外のことだったが、結果を見れば多大な成果を生んだ。あれがなければ、丹波も佐矢間も自国に有利な主張を繰り返し、解決にはもっと時間が掛かっただろう。

高虎の宣戦布告に近い宣言を持ち帰られた丹波は、大いに荒れたらしい。新参の中領地が粋《いき》がって吠えるとはと、批判的な声が多かったようだ。

しかし、高虎の怒りを直接浴びた宇喜田が、周りを説得したという。数多《あまた》の戦を経験してきた宇喜田は、『三雲の鬼神』を敵に回してはならないと、本能で感じ取ったのだ。

「これで一つ重荷が下りたな」

「ええ」

「佐矢間のあれは、今すぐに好転するわけではないだろうが、少なくとも希望が持てるようになった」

「はい」

「優秀な人材も大勢確保できた。これは我が領地にとって重畳《ちょうじょう》だった」

「本当、そう」

相槌を打ちながら、問題が一つ解決したことにホッと息を吐いている高虎の横顔を見つめていた。

「空良？　どうした？」

上の空というわけではないが、どこかふわふわとした空良の受け答えに、高虎が訝《いぶか》しむように顔を覗いてきた。

端整な顔貌が、真っ直ぐに空良を見つめてくる。理知的で優しげな表情は、いつも空良を愛《め》でてくれる夫の顔だ。

見慣れたその表情の上に、鬼神の気迫を纏ったあのときの高虎を重ねてみる。戦場に赴き、不退転の決意を固めた武将の、なんと美しいことか。

「旦那さま」

夫の勇ましい様を思い出し、ぶるりと身体が震える。高虎の手を取りながら、空良は立ち上がった。

「旦那さま、空良はずっと……」

誘いの言葉が上手く出せず、握った手を引っ張る。佐矢間での問題が解決した瞬間から、早く二人きりになりたくて堪《たま》らなかったのだ。

頬が熱い。部屋に着いた途端、欲情している己が恥ずかしい。けれど気が急いてしまう。

「旦那さま」

高虎を呼ぶだけで目が潤《うる》み、声がうわずった。

空良の欲を察した高虎が、口端を上げ、こちらを見上げてくる。

「欲しいか」

直截《ちょくさい》な問いに、空良は迷わずコクリと頷き、夫の手を引いた。

褥《しとね》の横に立ち、空良は帯を解いていく。高虎は褥にゆったりと座ったまま、空良の姿を眺めていた。

未《いま》だ日は高く、灯《あか》りがなくとも部屋は明るい。空良は夫に見つめられながら、自分の着物を脱いでいく。

しゅるりと僅かな衣擦《きぬず》れの音がしたあと、ぱさりと床に落ちた。一糸《いっし》も纏わぬ身体を高虎の前にさらけ出す。

裸のまま褥の上に膝をつき、高虎の前までにじり寄る。両腕を夫の首に回しながら抱きつき、唇を寄せた。

「ん……」

口づけを施しながら、高虎の着物を開いていく。脱げきらないうちから手を滑らせて、張りのある肌の感触を楽しんだ。

帯を解く間ももどかしく、乱暴な仕草でグイグイと引っ張ると、高虎がフッと笑いながら、自分から脱いでくれた。

頬、首筋、肩と、肌が露わになるたびに、唇を寄せ撫で擦る。顔を近づけ舌をひらめかせて誘うと、チュプ、と音を立てて高虎が吸ってくれた。

腕を取り、指先に口づけた。自分の頬に近づけ、うっとりと大きな掌に凭《もた》れる。

「このように能動的なそなたは珍しいな。可愛らしくて、なんでも望みを叶えたくなる」

嬉しそうな声を発し、高虎が空良に身を任せてくれる。

夫の手を誘導し、自分の肌を撫でさせる。

「あ……」

肉厚な掌が胸の先を掠《かす》めると、思わず声が出た。ジュン、と鳩尾《みぞおち》が疼《うず》いた。明るい部屋の中、無防備に晒してある空良の若茎は、すでに育っていて、先端からたっぷりと蜜を溢れさせていた。

いつにない空良の痴態に、高虎の瞳も熱を帯びてくる。大人しくなすがままだったのを止め、高虎のほうからも腕を伸ばしてきた。

「や、……だめ。今は空良が旦那さまを可愛がりたいのです」

主導権を握られると、すぐに快楽の波に飲み込まれてしまうのを避けたかった。

「旦那さま……」

空良の制止を聞かず、動き出そうとする手を取り上げた。

「空良の好きにさせてくださいまし」

あやすように、ちゅ、と軽く口づけし、そのまま高虎を押し倒した。大きな身体の上に被さり、愛撫《あいぶ》を施す。いつも高虎が空良にしてくれるように、唇を滑らせ、舌を這わせ、吸い付いた。

胸の先端を舌先でチロチロと擽《くすぐ》ったら、高虎が「くっ」と喉を詰めて逃げるように身を捩《よじ》る。追い掛けてまた擽る。頭を持ち上げられて引き剝がされた。

「旦那さま」

抗議の声を出して叱りつけるが、高虎はクックッと喉を震わせ、「くすぐったい」と文句を言うので睨んだ。もう一度胸を可愛がろうと身を沈めようとするのに、高虎が抵抗して頭から手を離さないので困ってしまった。

動けないまま高虎の前で舌を差しだし、いやらしく震わせる。笑っていた高虎の目の色が変わり、空良を捕まえていた手の力が緩んだ。

ゆっくりと見せつけるように高虎の肌に舌を這わせる。硬く平たい乳房を強く吸ったら、小さな赤い花が咲いた。

動きを阻止しようとしていた掌は、今は愛しそうに空良の髪を撫でている。深く身を沈めて愛撫を繰り返しながら、徐々に位置を変えていった。脇腹、下腹部へと下りていく。後ろにある高虎の手が、期待するようにうなじを撫でた。

高虎の雄茎は、触れられる前から獰猛に育ち、空良の愛撫を待ち構えている。焦らすように足の付け根に逸れると、抗議するようにピクリと跳ねるのが可愛らしい。

「空良……」

堪らないというように、高虎が懇願の声を上げる。うっそりと微笑みながら、期待通りの場所へ口づけた。

「っ……、く、ぅ」

小さな声と共に、高虎の腰が僅かに浮いた。それを迎えるようにゆっくりと含んでいく。

「は、……ぁ、くっ、は、は……う、ぁあ、空良……」

吸い付きながら上下に動かしたら、艶《なま》めかしい声が耳に届いた。

夫のそれは空良と違いとても大きくて、すべてを呑み込めない。両手を添え、扱きながら精一杯頬張った。

「ああ、……空良、ああ、っ、んっ、く……、ああ」

空良の拙《つたな》い手管に、それでも喜んでくれているのが嬉しい。もっと喜んでもらいたくて、喉奥まで呑み込もうと、深く顔を沈めた。

「は、は、ぁ……空良、もう、よい。離せ……、ふ、ぁ、くっ、空良……」

舌を絡めながら強く吸い付く。チュプチュプと水音が鳴り、夫の声と溜め息がそれに重なった。

「空良、……空良、っ、はっ、はっ、……っ」

引き剝がそうとする力が段々弱くなり、高虎が空良の髪を掻き回している。腰を浮かせ、空良の動きに合わせて前後している。溢れた唾液で滑りがよくなり、その力を借りて、空良は夢中で顔を動かした。

「空良……っ、離せ、汚してしまう、……っ、は、ああ」

焦った声を上げているが、抵抗は弱い。本能が快楽を求め、抗えないでいる様が愛しい。先端を含みながら、握った手で茎を扱く。とうとう抵抗を諦めた高虎が、欲望に素直になり、激しく腰を震わせた。

「ああ、空良、ああ、ああ……っ」

一際大きな声を出し、高虎が果てた。迸った高虎の精がピシャリと空良の顔を濡らし、顎を伝って滴《したた》っていく。

己の精を浴びた空良の顔を、高虎が驚いたような表情で見つめた。慌てて身体を起こし、枕元にあった懐紙《かいし》で顔を拭《ぬぐ》ってくれる。

「離せと言ったのに。汚してしまったではないか」

優しく頬を撫でながら、高虎が情けない顔を作った。

「旦那さまを喜ばせたかったのです。それに、汚れてなどいませんよ？　これはご褒美です」

顎に伝ったそれを指で掬《すく》い、そのまま口に含んで舐め取った。

「旦那さまのものは、どんなものでも愛しい」

空良の言葉に、高虎の顔が一瞬くしゃりと歪《ゆが》む。

「おまえというやつは……」

そう言ったきり、続きの言葉は聞かせてもらえず、その代わり、抱き締められた。啄むような口づけを交わしながら、空良も高虎の背中に腕を回す。膝立ちのまま、褥の上に胡座をかいている高虎の首に、ぶら下がるようにして身体を密着させた。

高虎の雄芯は、未だ力を失っておらず、そそり立っている。空良は自分のそれを押しつけるようにして、高虎の上に跨《また》がり、腰を揺らめかせた。

「今日は本当にいつもに増して、艶めかしいのう」

嬉しそうに目を細め、高虎が空良の手を取る。誘導され、己の茎を握らされた。上から重なった手で、扱くように促される。

「あ……、あ」

見つめ合いながら、自身を慰めている。蜜が溢れ、掌を濡らした。

「また俺を喜ばせてくれるのか？」

挑発と懇願の混じった声に、素直に頷き、高虎の前に己の無防備な姿をさらす。夫の目の前で、自分に愛撫を施した。

「ん……っ、んん、ぁ、ん」

自ら足を開いて、中心を可愛がる姿を見せつける。指先で先端を抉り、もう片方の手で茎を握った。

「そうされるのが好きか……？」

高虎がいつも空良に施してくれる手管をなぞると、そう聞かれた。

「ん、ん、……好き、旦那さま、に……ここ、こうされるの、が……ぁ、ん」

快感を得ている様を姿と言葉で表すことは恥ずかしく、それ以上に興奮した。普段ならこのような姿を見られるのは、高虎が喜ぶと分かっていても、死ぬほど恥ずかしい行為なのに、今は見せつけるように自分から動いている。

高虎の雄々しい姿がまだ脳裏に残っていて、あのときから箍《たが》が外れてしまったように、貪欲になっている。

「ああ、ああ、旦那さま……」

忙《せわ》しなく茎を扱きながら、胸先も自分で弄《いじ》る。こうされるのも好きなのだ。高虎にそれを知ってほしかった。

溢れ出した蜜液が、茎を伝って尻を濡らした。

夢中になって快楽を貪っていると、突然別の衝撃が走った。「ああっ」と叫んで目を見開くと、高虎の指が空良の蕾《つぼみ》に埋められている。

「そのまま……、浸っていろ」

胸と竿《さお》と後ろの蕾と、感じる場所に自分の手と夫の手で同時に刺激が与えられる。

「ああ、あぁぁ、……ぁああ」

開け放しの口の中に、ヌルリと舌が入ってきた。四ヵ所同時の愛撫に頭が朦朧としてくる。

「はっ、は……、んんぅんん、はぁ、ぁああ、んん」

自分がどのような状態になっているのかもはや分からなくなっていた。身体が勝手に反り返り、ガクガクと腰が揺れていた。

ズン、と重い衝撃のあとに、ふわりと身体が浮き上がる。気がつけば、高虎に抱えられた状態で下から突き上げるように貫かれていた。

「動けるか？」

コクコクと首を振り、目の前にある大きな身体にしがみつき、促されるまま身体を揺らした。パチュパチュと、肉がぶつかる音がする。

「空良、……はっ、はっ……ああ、空良」

目の前では苦しげに眉根を寄せた高虎が、荒い息を吐きながら喘《あえ》いでいた。

体重をかけてもビクともしない頑丈な身体に縋り付き、大きく腰を回しながら下ろし、持ち上げ、また振り落とした。

繋がったままの身体が倒れていく、高虎が仰向《あおむ》けに寝そべり、その上に跨がっていた。

腰に手を添えられ、その動きに合わせる。大きく足を開いたまま腰を振り立てている空良を、高虎が見上げていた。

「なんという絶景だ」

苦しげに息を吐きながらもそんなことを言う。空良も笑みを返し、再び腰を振り立てた。

絶頂の兆《きざ》しはすぐそこにあり、けれど終わってしまいたくなくて、首を振りながら耐えていた。

まだ嫌だ。もう少し繋がっていたい。けれど気持ちがいい。もう果ててしまいたい。

矛盾した思考に苛まれながら、空良は身体を動かし続けた。

やがて抗いがたい愉悦の波がやってきて、必死に抵抗を試みるが、高虎がそれを許してく

れない。激しく下から突き上げられ、絶叫に近い声を放つ。

「あああっ、……まだ、いや、……いや、や、ぁ、ぁあ、ああっ、あ――っ」

ビンと背中を反らせ、欲望が迸った。動きは止まらず、精を高虎の腹の上にまき散らしながら、尚も悦楽を貪っている。

そんな空良の姿に、高虎の責め苦がますます激しくなっていく。

「空良、……っ、空良、ああ、空良……」

何度も名を呼びながら、高虎も駆け上がっていった。

下から強く突き刺したまま、高虎の動きが止まる。トクトクと脈打つ感覚を、身体の中で感じていた。

やがてゆっくりと高虎が腰を揺らし始めた。まだ終わりたくないという気持ちが伝わってきて、空良も一緒に揺れ動いた。


城に戻った翌日も、爽やかな秋晴れだった。連子窓《れんじまど》から見える朝空は、青く高い。

高虎はすでに起き出しており、朝の鍛錬に出掛けている。身支度を調え、自分で淹《い》れた茶を飲みながら、昨日は少し正気を失っていたと、空良は一人で頬を赤くしていた。

日中の明るいうちから激しく睦《むつ》み合い、夕餉《ゆうげ》のあとにもまた愛し合った。高虎の体力が無尽蔵なのは周知の事実だが、自分も大概だったと思う。

自分から誘い込み、あられもない姿を嬉々として見せつけた。いくら高虎の勇ましい姿に興奮したからといっても、あれはない。時間を巻き戻したい。

また同じことを求められたらと思うと、恐ろしくて逃げ出してしまいたい。鍛錬から戻ってきた高虎と顔を合わせるのが恥ずかしかった。

朝から視察に出掛けてしまおうか。佐矢間とのことも無事終わったことだし、農村の彦太郎にそのことを告げたら安心するだろう。

収穫も滞りなく終了し、いつか話題に上がった祭りのことでも相談しようか。

「空良。もう起きたのか」

いろいろと逃げる口実を算段しているあいだに、早くも高虎が戻ってきてしまい、狼狽した。

「……あ、旦那さま。おはようございます。朝からの鍛錬、お疲れさまです」

顔を見ないように即座に頭を下げ、そそくさと部屋を出ようとするのを捕まえられた。

「こんな朝からどこへ行くのだ」

「……ええと、ちょっと農村のほうへと」

「何をしに？」

「あの、収穫の案配を確かめようかと」

「稲の収穫はだいぶ前に終わっているだろう？」

「そうですが、でも、あの、……、いや、旦那さま、見ないでください」

挙動のおかしい空良の顔を、高虎が覗いてくるので両手で隠した。

「どうした？　どこか怪我でもしたのか？」

「していません」

「見せてみろ」

必死に隠すので、却って怪しまれてしまったらしく、執拗に確認され、とうとう折れた。

「は、……恥ずかしいのです」

「何がだ？」

高虎はなんのことか分からず、首を傾げる。

「その、昨日は、少し、わたし、正気を失っておりまして」

「いつもと変わらなかったぞ？」

「そんなことありません！　空良は、あんな……、あんな、あれは違いますから」

必死に弁明するが、高虎はよく分かっていないようだ。

「違うと言われても、いつもと同じように可愛らしかったぞ。それこそ、いつもにも増して能動的な空良を堪能《たんのう》した。可愛らしく聡明《そうめい》な妻が、夜はあれほど妖艶《ようえん》に俺の上で踊ってくれる様は、まさに……」

「言わないでっ！」

自死しようかと思うほどの羞恥に、空良は顔を真っ赤にして高虎の言葉を遮った。

オロオロと狼狽えている空良を眺め、高虎が朗らかに笑う。

「夫婦なのじゃ。何も恥ずかしがることはなかろう？　俺は嬉しかったのだから。あのような空良は毎日でも大歓迎じゃ」

「もう無理ですから。昨日のあれは、その、特別だったのです」

「ほう」

「……戦に向かう旦那さまの、あまりに雄々しいお姿に、感極まってしまったのです」

空良の言葉に、高虎は「ふむ」と頷き、何やら思案げな顔をする。

「あの、だからといって、戦を起こそうなどと考えないでくださいましね」

「やはり駄目か」

「駄目です。平穏が一番ですよ」

高虎は少しだけ残念そうに口を尖《とが》らせ、「まあ、それはそうか」と、納得した。

「普段の奥ゆかしいそなたを暴くのも楽しいからな」

「やめてください」

「やめられぬ。それでもいつかまた、そなたの特別を堪能させてもらいたいものじゃ」

「それは、まあ……、どうでしょうか。分かりません」

やれと言われてできるものではないが、戦に限らずとも、再び高虎の勇姿を見る機会はきっと訪れるだろう。何しろ空良の夫は、全国に名を轟かす、『三雲の鬼神』なのだから。

「それで、恥ずかしさのあまり、こんな朝から逃げだそうとしていたのか。まったく、可愛らしいのう！　これだからおまえのことが好きなのだ」

高らかな声で高虎が宣言する。

「旦那さま、朝からそのような大声で」

「領地中に自慢して回りたい。俺の嫁は素晴らしい」

「止めてください」

空良に叱られながら、高虎がカラカラと笑った。

「では、農村に行くのはやめにして、久方振りに散策でもするか。馬を出して、近場をぐるりと回るのはどうだ。ここのところ、忙しかったからな」

朝のうちのひとときぐらい、夫婦でゆっくりしようと、高虎が誘ってくれた。

厩《うまや》からお互いの愛馬を連れてきてもらい、二人で城を出ていく。

まだ朝の早い時刻なので、人の姿もあまりない。静かな城下町を抜けて、港へ出る。

こちらはすでに市場が賑わっていた。空良たちの姿を見つけると、パッと顔を輝かせ、近づいてこようとするが、夫婦水入らずの時間だと悟ったのだろう別の者に肩を叩かれ、その場で会釈をして各々の仕事に戻っていった。この地に住む人々は、気さくな上に、気遣い上手だ。

港を抜け、海岸の松林を並んで駆けていく。秋の風が心地よく、火照《ほて》った身体を冷やしてくれた。まだ形の整っていない防風林だが、海岸線に沿って並ぶ松の木は、生き生きと枝葉を広げている。数十年後、どのような風景になっているのか楽しみだ。

海岸の向こうには、新しくできた開拓村の長屋が並んでいる。砂地でも育つ野菜があるらしく、今調べてもらっているところだ。もし生育に成功すれば、新しい特産物ができるかもしれない。こちらも楽しみにしている。

「美しい風景だと思わないか？」

馬に乗ったまま、松林とその向こうにある長屋を見つめながら、高虎が言った。

「はい。そう思います」

空は高く、青々として、振り向けば広大な海がある。自分たちの手で苦労して植えた松林が並び、ずっと向こうには山が見え、広い平野には田園が広がっている。

「人と自然とが、手を取り合って生活を営んでいるこの風景が、俺は美しいと思うのだ。自然が美しいのではなく、人が美しいのでもなく、人と自然が融合したこの姿こそが美しい」

「はい」

新しく建てられた長屋では、そろそろ起き出した人々が、朝の煮炊きを始めている。秋晴れの空に煙がたなびき、白い帯が伸びていた。

遠くからは漁場のセリの声が聞こえていた。

城下町でも今日の商いのために、動き始めた頃だろう。

「俺はこの美しい風景を守っていきたい。手を貸してくれるか？」

「はい。もちろんお手伝いいたします」

「ああ、いつでも俺の側にいて、力を貸してくれ。頼りにしているぞ」

高虎の晴れ晴れとした表情に、空良も力強く返事をした。

愛する伴侶と共に、城で待つ信頼の置ける仲間と共に、自分たちを慕ってくれる領民たちと共に、この美しい風景がいつまでも守られますようにと、天に向かって祈るのだった。

ご伴侶様と澄明な道しるべ

「……私が、市井の祭りの取り纏《まと》め役を？　その、……主君のご伴侶様と共に……？」

「そうじゃ。よく励め」

新たに我が主《あるじ》となられたお方が、明朗な声で答えた。

「こちらにいらしてすぐのことで、大変とは思いますが、よろしくお願いいたします」

そしてそのご伴侶殿となられる空良《そら》という若者が、丁寧な物腰で頭を下げる。

「……どうか頭をお上げください。こちらこそ、どうぞよろしくお頼み申します」

突然の不可解な命令に、当惑を隠せない沢村京之助《さわむらきょうのすけ》であったが、否と言えるはずもなく、ましてや君主の伴侶であるお方に頭を下げさせるなど、あってはならないことである。

以前仕えていた隣国、佐矢間《さやま》の当主家が取り潰しとなり、沢村はそのきっかけとなった日向埼《ひゅうがさき》の当主に仕官した。

高虎《たかとら》自ら自分の下に就けと言われたときには酷く驚き、反発を覚えたものだが、同時に、全国に名を轟《とどろ》かす武将自らの勧誘に、胸が打ち震えたのは事実だった。噂《うわさ》には聞き及んでいたが、実際目にした高虎の姿は、これまで出会ったどの武人よりも猛々《たけだけ》しく、その圧倒的な迫力に度肝を抜かれた。

これまでは、衰退していく国を憂《うれ》いながら、暴君と成り果てた元君主と朽《く》ちていくしかないと諦めていた心に、希望の火を灯《とも》してくれたのだ。

沢村と苦楽を共にした同僚たちも一緒に召し上げてもらい、これからは主君のため、お国のために、身を粉にして仕えようと意気込んだ矢先の『市井の祭りの取り纏め役』の任命である。

いきなり城の中枢に関わるお役目をもらえるとは期待していなかったが、時間を掛けて周りに馴染《なじ》み、学んでいく所存であった。己の才は外交にもっとも適していると自負している し、高虎もそれを認めて召し上げてくれたのではなかったのか。自分の立場を思えば、仕事を選《え》り好みするような余地などないのは分かっているが、それにしてもこの役回りは些《いささ》か小事すぎではないかと、落胆の思いが湧いてしまうのを禁じ得なかった。

「それではさっそく参りましょうか」

「うむ。魁傑《かいけつ》、おまえも今日は空良と一緒について回れ。頼んだぞ」

高虎が命を下し、空良が立ち上がった。沢村と魁傑もそれに続く。見送った高虎は、さっそく書状に目を落とし、次の吟味に取り掛かっている。

「忙《せわ》しない思いをさせて申し訳ないですね。ですが、時間も人も足りないのです。沢村さまたちが日向埼にいらしてくれて、助かりました」

廊下を渡りながら、空良が気さくに声を掛けてきた。人材が以前から不足していたという話は、ここへ来た当初から言われていたことだ。領地の急激な発展を思えば、想像がつく。

だからこそ張り切っていたのであるが、市井の祭りの取り纏めとは……。

「そのようなお言葉をいただき、大変名誉なことでございます。……それからご伴侶様、私のような者に敬称はいりません。どうか沢村とお呼びつけください」

心の内など微塵《みじん》も悟らせず、慇懃《いんぎん》に頭を下げる沢村に、空良が当惑したような顔を作る。後ろについてきた魁傑が、「そうですぞ」と、沢村を援護した。これは至極真っ当なことである。

「ですが魁傑さま、そんなに急には変えられません」

「ほら、また拙者《せっしゃ》にも『さま』を付ける。急とは言っても、もう何年も経《た》っているではないですか。そろそろ慣れていただかないと。周りに示しがつきませんぞ」

「はい。気をつけます」

これではどちらが主従か分からない。

佐矢間との和睦の協議が行われた席に、この二人も控えていた。あのときは小姓を連れてきたと思っていたのだが、あとで当主の伴侶だったと聞き、随分と驚いたものだ。

鬼神の伴侶といえば、幾多の修羅場を潜《くぐ》り抜け、豪傑を次々に退けた勇猛果敢な美丈夫《びじょうふ》と聞いていた。評判になっている一座の芝居を観たことはないが、想像していた人物とまるで違っていて、えらく拍子抜けしたものだ。

美しい若者であることは認めるが、今も魁傑の苦言を受け、肩を落としている姿を見れば、本当にあの『三雲《みくも》の鬼神』が惚《ほ》れ込んだ人なのだろうかと、少々首を傾《かし》げたくもなる。

「今日は領地の案内を兼ねて、いろいろ回りましょうね」

「は。お供させていただきます。何があろうとも、この沢村、命を賭《と》してご伴侶様をお守りいたします」

「それほど危険なことはないとは思いますが」

「いえ、市井には様々な輩《やから》がおりますゆえに、気を緩めることはいたしませぬ」

城内と違い、外ではひとときも油断できない。それにこの空良という方は、少々侮《あなど》られやすい性質《せいしつ》のようだ。武に長《た》けているようには到底思えず、高虎もそれを懸念して、魁傑を護衛に付けたのだろう。剣の腕ではこの魁傑には劣るだろうが、沢村も武人の端くれだ。ここは心して警戒に当たらねばなるまい。

「そうですね。いろいろと驚かれることもあるでしょうけど、段々と慣れていってもらえたらと思っています。今日はわたしのあとに付き、なるべく黙っていてくださるとありがたいです」

「それはもちろん。ご伴侶様に差し出口を挟むことなど決していたしませぬ」

「いえ、わたしに言うのはかまいません」

「は？」

空良の言葉が理解できず、思わず素で問い返してしまった。なんという失態をしてしまったのかと青ざめる沢村に、空良は頓着《とんじゃく》せずに微笑《ほほえ》んでいる。

「むしろ気づいたことはどんどん言ってください」

「いや、それは……」

「以前の領地とはだいぶ違うと思います。特に民とのやり取りなどで、戸惑われることが多いかと」

空良の言葉がますます解せない。民とのやり取りとは、どういうことだろうか。まさか空良が直接やり取りするわけではあるまいに。

空良の言葉の一つ一つが不可解すぎて、対処できずにいる沢村の肩を、魁傑がポンと叩く。

「まあ、まずは日向埼のやり方をその身に刻んでもらうための本日の視察なのだ。いろいろと度肝を抜かれることがあると思うが、どうか短慮を起こさないよう気をつけられよ」

「短慮など、この私が起こすことはありますまい」

あの暴君に仕えているときでさえ、己を殺し続けたのだ。辛抱強さでは誰にも負ける気がしない沢村に向かい、魁傑はおよそ爽やかとはいえない笑顔を作り、「我慢ですぞ」と、再び肩を叩くのだった。


馬に乗り、城下を闊歩《かっぽ》していく。町並みは比較的新しく、石畳の敷かれた道は整然としている。行き交う人々の表情が明るいのが印象的だ。

「この辺りは四年前の大嵐で軒並みなぎ倒されたのです。それを機に、新しく町並みを整え、生活しやすいように作り替えたのですよ」

誇らしげな顔で、空良が城下町の説明をする。この土地は秋口に海から強い風が吹くと聞く。家屋をなぎ倒すほどの嵐に見舞われるとは、さぞ難儀だったことだろう。しかし今目の前に広がる風景は、とてもそのような災害があったとは思えないほど栄えている。

馬に乗る空良たちに気づいた領民が、笑顔で頭を下げていく。

「いちいち膝をつくなと言っているので、うるさく言わないでくださいね」

空良の牽制するような声に、沢村も黙って頷《うなず》く。指摘された通り、城主の伴侶の姿を見て、何故《なぜ》傅《かしず》かないのかと思ったところだった。

「わたしは城下に下りることが多いので、そのたびに大仰に迎えられては、彼らの作業が遅れてしまいます」

「……そうですか」

民草《たみくさ》の作業が多少遅れようとかまわないのではないかという言葉を呑《の》み込む。これが魁傑の言った「我慢しろ」ということなのかと合点《がてん》した。親しみやすさを売りにして、民の心を摑《つか》んでいるのか。空良の頼りない風体を思えば、悪くない目論見《もくろみ》ではあると思う。

会釈をする城下の者たちに、笑顔で応えながら町中を進んでいく。途中、空良が姿を現したことを聞きつけたのか、角から数人の男衆《おとこし》が飛び出してきた。紺色の法被《はっぴ》を着た男たちが、こちらに向かって手を振っている。

「空良様！　あとで詰め所に来てもらえませんか。五郎左《ごろうざ》の旦那が、話があるそうで」

大きく手を振りながら男が叫ぶ。許しも得ずに城主のご伴侶様に声を掛けた挙げ句に、呼び出すとは何事か。男の無礼な物言いに、沢村は咄嗟《とっさ》に刀の柄《つか》に手を掛けながら、「こら、その者」と、鋭い声を上げた。

「……沢村。控えなさい」

沢村の威嚇《いかく》の声に被《かぶ》せるように空良が遮る。

「黙って控えていろと言いました。聞けないならば、今すぐ城に帰りなさい」

低い声は静かだが、有無を言わさぬ迫力がある。

「……は。失礼いたしました。何卒《なにとぞ》ご容赦を」

空良の思わぬ怒気に触れ、沢村は慌てて頭を下げた。

「中央の詰め所ですか？　分かりました。後ほど寄ります」

一転、空良は柔らかい声を出し、法被の男に返事をする。何事もなかったように、再び馬が進み始めた。

「これぐらいのことで無礼打ちをしていたら、ここの町民はすべていなくなってしまいます。わたしも、高虎さまも彼らのあの程度の振る舞いは許しているのです。聞き分けてくださると嬉《うれ》しいです」

「は。ご伴侶様の施策に気づかず、邪魔だてするような所業をいたし、大変申し訳ありませんでした。何卒お許しを」

馬に乗りながら平身低頭する沢村に、空良はコロコロと喉を鳴らし、「そんなに怒っていませんよ」と、許してくれた。

「施策というほどのことではないのですが。……でも、そうですね。直接あの者たちの話を聞くことの重要性を、是非沢村さ……、沢村にも学んでいただきたいです」

一瞬垣間見《かいまみ》えた威厳はなりを潜め、「気を抜くとすぐに『さま』とつけてしまいそうで」と、情けなく眉尻を下げ、空良が気弱な笑みを浮かべた。

「先ほどの沢村殿を叱《しか》りつけた姿など、堂々としたものでしたぞ。その調子で」

「はい。頑張ります」

「では今の調子で某《それがし》のことも呼んでくだされ。ほれ『魁傑！』と」

「か、……魁傑」

「もっと蔑《さげす》むように！」

「何故？」

和気藹々《わきあいあい》とした会話をしながら、先ほど来てくれと呼びつけられた詰め所という場所に入っていった。

中に入ると、声を掛けた男と同じ法被を着込んだ男衆が何やら大声を上げていた。殺気だった雰囲気に、これは危ないと性懲《しょうこ》りもなく太刀《たち》に手を置くが、今度は魁傑に肩を押さえられる。剣呑《けんのん》な空気が流れる室内に、空良は臆することなく入っていく。

「ああ、空良様、わざわざお越しいただきありがとうございます。おい、おめえら、茶の用意をしろ！　ご伴侶様のお出ましだぞ」

この場を仕切っている年配の男が怒号に近い声を上げ、周りが「へーい」と返事をしながら散っていく。

この僅《わず》かなやり取りを聞くだけで、こめかみがピクピクと痙攣《けいれん》し、何度も太刀に手を置きたくなる。

場を取り仕切っている男は、出《い》で立ちこそ他の者より上品だが、物言いは乱暴で、周りの男衆に至っては、蛮族と言われても仕方がないほどの有様だ。

それなのに、空良はまったく怯《ひる》むことなくニコニコと笑いながら、男たちのやり取りを眺めている。

「おお、魁傑様も今日はこちらに来たんですかい。ちょうどいいから稽古つけてくだせえや」

「今は仕事中だ。また城に来い」

そして魁傑までもが気安い態度で男衆と会話するのだ。

「この者たちはいずれ日向埼の軍に入る予備兵だ。そなたも頻繁に城で顔を合わすことになるだろうから、顔を覚えておくがいいぞ」

「……ああ、そうなのですね」

「お、新しい人ですかい？　魁傑さんの子分で？」

「違う。いずれ同僚となる人だ。まだ慣れてないからな。今日は市井を案内して回っている」

子分と言われてヒクリと顔が引きつるが、何も言わずに視線を落とす。表情を崩すことなど滅多にないことなのに、今日はそれが大変難しい。

「それで、祭りの進捗はどうですか？　何か問題が起きたのですか？」

「それなんでさあ。港に出店を立てるって話、みんな喜んで参加してるんですが、まあ、いい場所を狙っての諍《いさか》いが絶えなくて。混乱が酷いんですわ」

「参加してくれるのはありがたいですが、諍い事が多いのは困りましたね」

高虎がこの領地を治めるようになって四年目となったこの秋、初めて大々的な祭りが開催されることになった。領民は喜び、協力を求めればこぞって参加を表明した。だが、初めてのことには混乱がつきもので、一つ何かをするたびに、あちらこちらで諍いが勃発するのだという。

「祭り会場の中心が港でしょう。あっちの者が牛耳《ぎゅうじ》って、自分らに有利な場所を独り占めしやがる」

「では孫次《まごじ》さんと、それから彦太郎《ひこたろう》さんも呼びましょう。今日はこの祭りの取り纏めをしてくれる方も同行しているのです。良い機会なので、顔合わせをしてしまいましょう」

空良の一声で、直《す》ぐさま男の一人が外へ出ていった。ほどなくして、恰幅《かっぷく》のいい男と、妙に迫力のある男二人がやってきた。

空良に紹介され、三人衆と呼ばれる民草を纏めている元締め三人と顔を合わせることになる。三人とも態度は殊勝だが、こちらを値踏みするような、油断ならない眼差《まなざ》しを向け、慇懃に頭を下げる。

気分の良い雰囲気ではないが、祭りの纏め役という仕事を仰《おお》せつかっているので、失敗するわけにはいかない。空良の手前、居丈高《いたけだか》になるわけにもいかず、かといって領民と同等の立場で意見を聞くなどしたこともなく、沢村は額《ひたい》に汗を浮かばせながら、取りあえずは空良に言われた通り、黙って進行を見守るのだった。

「祭りっつうても、今までは飲み食いして馬鹿騒ぎするぐらいしか知らねえんで、出店を立てるって話だけで、みんな儲《もう》け話になるからと、目の色変えるんですわ」

他領から来ている商人などが絡《から》んできていて、ますます混乱しているらしい。

「基本的にはそれでいいのです。元々の発案は、地元の人たちの交流の場ができたらいいと思ってのことですから、あまり儲けを追求してほしくないですね。それで争いが起きたら元も子もないのです」

地元の領民と、他領から流れてきた人々とが、祭りを通して打ち解けられないかと考えたのが発端だと、空良が憂い顔を浮かべて呟《つぶや》いた。

「開拓民の方々といろいろあったではないですか。そのわだかまりを少しでも解消したくて祭りを開催しようかと思いついたのです」

どこの土地もそうだが、新参者と先住の民とは軋轢《あつれき》が生じる。流民の多くが佐矢間の領民だと聞けば、沢村にも思うところがある。

領民が隣国へ流出し始めた頃、こちらは圧政を敷いて民に我慢をさせることしか考えなかった。領民とはそういうものだと思っていたから山狩りをして捕えては罰し、そうすることで民の足止めができると思っていたのだ。

しかし、隣国日向埼は、あるときから流民の受け容れに寛容になり、加速度的に佐矢間の民が減っていった。どれほど脅そうと、罰を重くしようと、逃げようとする人々が後を絶たなくなったのだ。

「開拓民の方々からも楽しみにしているという声を聞いていますよ。炊き出しなど、随分面倒を見てくださっているようで」

「……そりゃあ、ご城主様の命令ですから。こっちは懐《ふところ》も痛んでねえですし」

「自腹で穀物や魚なんかもたくさん運んで来てくれると聞きました。孫次さんとこの漁師も、所帯を持った方が大勢いるそうで」

「こっちも独り身の奴に嫁ができるってんで、多少の援助はしましたよ。結果、なんだかんだ仲良くなった開拓民もいますしね」

「それはめでたいです。これで漁師の嫁不足の問題も、少しは解決しましたね。いつか孫次さんが嘆いていたじゃないですか」

「ああ。荒くれどもが多いですからな、うちは。ほら、一度沖に出ると、いつ帰ってくるのか分からない商売ですから。知っているもんは、なかなか嫁いでくれないんですよ」

儲けも多いが危険も多い仕事だ。それでも空良の予見によって、その危険もだいぶ緩和されたのだと、漁師の元締めの孫次が破顔した。

「祭りで新しい家族になった方々の姿が見られますね。楽しみです」

流民を受け容れるのは生半可なことではない。何も持たずに逃げてきた人々の衣食住をすべて請け負うのは大変な負担を生む。だが、ここの領主はそれを受け容れ、自分の懐を痛めて保護したのだ。

「うちの農村のほうでも、だいぶ人が増えてきました。新しい農法を試すのに、人手がいるってんで」

その姿を見ていた領民が、それに倣《なら》って手助けを始めている。

「それはありがたいですね。彦太郎さんの尽力のお蔭《かげ》です」

「いやあ、なんも。ちゃんと働いてくれるんなら、こっちもありがたいですんで」

民草とのやり取りの重要性を学べと、先ほど空良が言った言葉を、沢村は思い出していた。それまで考えもしなかったことだ。民はただ上からのお達しを聞き、黙って従うだけでいいのだと思っていた。

「開拓村にもしょっちゅう行って、指導してくださっているのでしょう？」

「なんも、なんも。畑が広がれば、そのぶん食い扶持《ぶち》ができるんで。おれたちだって、餓死するやつとか見たくねえですから」

だが、そのようにして営んできた以前の領地はどうだった？　たまに領地を視察することは沢村にもあったが、皆このような生き生きとした表情をしていたかと、あの頃のことに思いを馳《は》せる。

土地は荒れ、田畑は土砂に流され、住む場所は瓦礫《がれき》に埋もれた。自然災害だから仕方のないことだと、我慢を強《し》いた。

高虎に請われ、この土地に来たとき、広い平野と海、遠くに裾野を広げる山の姿を見て、ああ、ここは恵まれた土地なのだと思った。元当主の没落の後押しをし、新しい君主のために未練を残さないよう心に誓っていながら、……もしもあの方の生まれた土地がここであったなら、あのような末路を辿《たど》らなかっただろうと、漠然と考えた。

しかし、その考えは間違っていたと、今目の前で生き生きと会話を交わす人々を眺める。どのような環境、どのような条件だろうと、それを活かせる人が治める領地が恵まれた土地なのだと、今、初めて理解したような気がした。

「沢村は、何か意見などございませんか？」

嫋《たお》やかな瞳が沢村を捉える。無邪気な眼差しは、およそ領主の伴侶とは言い難く、けれど希望に満ちた瞳がとても頼もしく見える。どのような無理難題も、この方なら笑顔で解決に導いてくださると、そんな思いに駆られるような瞳をしている。

「……ああ、今すぐには考えつきかねますが、何かよい方法があればと、私も愚考いたします。それには、もう少しこの土地のこと、人々のことを知りたいと思います」

沢村の言葉に、空良が一瞬目を見張り、それから柔らかく微笑んだ。

「もちろん。まだ案内は済んでいませんものね。いろいろと紹介したい場所がたくさんあります。すべて見て回りましょう」

空良はそう言って、三人衆にこれからの対策を考えるようにと命じ、自分たちもよい方法を模索するからと、詰め所を去った。再び馬に跨《また》がり、先を行く空良の表情は、とても機嫌がいいように見えた。

「やはり旦那さまは人を見る目がありますね」

晴れやかな表情のまま、空良が言った。とても嬉しそうに、沢村を見つめながらそう言って笑う。

「当主の切腹を望んだ側からその家臣を口説いたのには驚きましたが、それだけの価値をあなたさまに見いだしたのでしょう。わたしも旦那さまの判断は正しかったのだと思いました。沢村、今後ともよろしくお願いしますね。頼りにしています」

あまりにも光栄な言葉に、目の奥が熱くなる。

「……そのように思ってくださり、この上ない幸せに存じます。ご城主様のため、……ご伴侶様のためにも、この身を賭してお仕えいたします」

心からの忠誠を、城主とその伴侶である空良に誓う。

「我が主は変わり種がお好みでありますからな」

二人のやり取りを茶化すように、魁傑が間に入ってきた。無粋《ぶすい》な乱入にムッとするが、彼も嬉しそうに相好《そうごう》を崩している。

「それを言ってしまうと、魁傑さまが一番の変わり種となってしまいますよ」

「いやいや。というか、また『さま』がついておりまする」

魁傑の指摘に、空良が「あ」と言って口を押さえたあと、快活に笑った。

「変わり種の最たる者は、わたしですけどね」

「そんな馬鹿な。空良殿は高虎殿の宝です。いや、高虎殿ばかりではなく、某にとっても、この国にはなくてはならない存在ですぞ」

魁傑の言葉に、空良はカラカラと笑い声を立て、それから沢村のほうへ視線を寄越した。

「次は港と魚市場、蔵などを回ります。あ、それから造船所のほうにも足を延ばしますね。長丁場になりますけど」

「どこにでもお供いたします」

「先ほどの詰め所以上に辛抱が必要になりますけど、どうか大人《おとな》しくしてくださいね」

にっこりと笑いながらそんなことを言われ、まさかあれ以上に無礼な輩がいるのかと目を丸くする。

空良はそんな沢村の態度に悪戯《いたずら》っ子のような顔をしながら、「一応先に覚悟をしておけば、衝撃も少ない」と、何やら不穏な台詞《せりふ》を吐くのであった。

そして魚市場に赴き、貢ぎ物の魚を携え群がる男衆を魁傑と共に蹴散《けち》らし、造船所では大柄な南蛮人の無礼な求愛に眉を吊り上げ、疲労困憊《こんぱい》のまま、本日の最後の視察地である松林に辿り着いた。

まだ成長しきらぬ松林は、海風が大きく吹けば根こそぎ倒れてしまいそうな、貧弱な様相を呈している。

「ここは数十年後には日向埼の海風を防いでくれる防風林となるのです。旦那さま自ら鍬《くわ》を振るい、植えたのですよ。将来のこの地を守るために」

松林を見つめる横顔は凛《りん》として、数十年後の未来を確たるものと信じている。自然の驚異に対して、人の力など微々《びび》たるものだ。けれど皆で手を取り合い、知恵を絞り、時間を掛けて変えていくと、断固たる決意を乗せ、空良が宣言した。

「自然だけでもなく、人の営みだけでもなく、人と自然が融合した姿が美しいのだと、旦那さまが仰いました。そのような領地を作るために努力をしようと、手を貸してくれと、そう仰いました。私はもちろんそうしますと、旦那さまの手を取りました。あなた方もそうして

ください ますか?」

振り返った顔は、凪《な》いだ海のように穏やかで、初雪の朝のように厳かだった。

問いを投げかけながら、答えを強要しないその表情に、直ぐさま膝をつき、平伏したいような心持ちに駆られる。

どうか、どうか。

その心意気に自分を加えてほしい。

ついてこいと望まれなくても、どこまでもついていきたいと懇願したくなるような、それほどまでに力強い、ご伴侶様の示す、道しるべだった。


それからの沢村は、積極的に市井に下り、三人衆を始め様々な民の意見を聞き、祭りの準備に精力を注いだ。

相変わらず民草の意見は雑多で、要領を得ないことも多かったが、持ち前の辛抱強さで皆の意見を纏め、ときには強引に計画を進めていった。

そして、沢村が空良に連れられ城下に下りた日から一月《ひとつき》半後、日向埼で初めての、大々的な祭りが開催されることになる。

魚市場を起点として延びた道に出店が並び、焼き団子や魚介類の焼き物など、香ばしい匂いを放ち、人々の食欲を誘っていた。

出店の参加数が予想よりも多く集まったことにより、出店は港だけではなく、城下町へまで拡大することになった。こちらは食材をほどほどにして、領地では手に入らない細工物や漆器などの工芸品が並ぶことになった。

他にも野菜の加工品や果物、七味などの香辛料の出店があり、この機に珍しい物を手に入れようとする人々で行列ができていた。労役や新しい事業での雇用で、懐の温かい者が多く、どこの出店も賑《にぎ》わいを見せている。

自警団の各々の詰め所ではお茶が振る舞われ、無料の休憩所として場所を貸していた。夜には城主から酒が届けられる予定となっており、立ち働く人々の顔も生き生きとしている。

人の波が分散するように采配しながら、沖で獲れた大物の魚を解体するという催し物が話題を呼び、大勢の見物人が訪れた。解体された魚は、その場で刺身や鍋などにされ、酒と一緒に安価で振る舞われる。

魚の解体で大賑わいを見せたその次には、城下町で国一番の旅一座の余興が観られるということで、そちらに人が流れていった。

派手な鳴り物に乗って、一座の看板役者たちがこぞって得意芸を披露する。見物は無料だが、おひねりが飛び交って、噂では一つ舞うごとに家が一軒建つほどの儲けを生んだ役者がいたという。

沢村たち城内の者たちは、祭りの初めの頃に、混乱が生じないようにと見回りをした他には、全員城に戻っていた。あとは自警団の人々に託し、領民たちのみで楽しんでもらおうという気遣いだ。

高虎や空良が顔を出せば、もちろん彼らは喜び、大歓迎をしただろうが、せっかくいろいろと算段を組んで目玉を散らした計画が台無しになってしまう。お忍びで行くには顔が売れすぎている夫婦だ。ここは我慢だと、城から城下の賑わいを眺めるだけに留めたのだった。

「沢村の提案がだいぶ功を奏しているみたいですね。魚の解体やら、食材の加工品の市やら、祭りの前から注目されていたようですよ。商人たちが目の色を変えていたと聞いています」

「私の意見などほんの取っ掛かりです。形にしたのは孫次たち三人衆と、周りの者です」

何度も市井に赴き、あれこれと意見を交わし合った。初めのうちは木で鼻を括《くく》ったような対応をされ、斬ってしまおうかと太刀の柄に手を掛けたことも一度や二度ではない。

それでも回を重ねるうちに有用な意見が交わされるようになり、本日にこぎ着けたのだ。打ち解けたとは最後までいえない。しかし唯一《ゆいいつ》、ご城主様夫婦のためということだけはお互いに揺るがなかったから、今日のこの日が迎えられた。平民にしてはなかなか手応えのある三人衆であった。来年以降はもう少し上手くできそうな気がしている。

「お酒は存分に振る舞われていますか？」

「はい。お言いつけの通りに。警邏《けいら》の順番で飲めない輩が暴れたそうですが」

沢村の声に、高虎が豪快に笑い、「本日酒にありつけなかった者には、また別の機会に振る舞う場を設けよう」と、鷹揚《おうよう》な措置を言いつけた。

日が段々と沈んでいき、町や港に提灯が灯り始める。

「ああ。美しい景色だな」

高虎が呟き、寄り添うように側にいた空良が「本当。夢のよう」とうっとりとした声を出した。

遠くからお囃子《はやし》の音が流れてくる。どこかでまた旅の一座の余興が始まっているらしく、人々の流れが上からも眺められた。喧噪《けんそう》と笑い声が、音楽に混じって聞こえてくる。

「……ここはよい領地ですなあ」

言葉にしようとは思っていなかった声が、自然と口を衝《つ》いた。

「そう思います？」

「ええ。心から思います。ここはよい領地です」

沢村の声に空良が笑った。

今日のこの日を忘れないでいようと、寄り添っている希有《けう》な夫婦の姿を眺めながら、沢村は城下の喧噪に耳を澄ますのだった。

あとがき

皆様こんにちは。野原滋です。このたびは『そらの祈りは旦那さま』をお手に取っていただき、ありがとうございます。

五作目となりましたそらと旦那さまのお話は、いかがでしたでしょうか。

次郎丸も元服し、名前も新しくなりました。大きくなったなあと、阪木や魁傑と一緒に酒を飲み交わしたい気分です。これからの成長が一番楽しみなキャラかもしれません。

今回また新しいキャラが登場しました。捨て吉と、それからシロです。彼らを書くのは楽しかったですが、同時に切なかったです。話を進めていくなかで、菊七がとてもいい仕事をしてくれました。彼がいてくれて助かりました。

主人公の男夫婦は相変わらず揺るぎなく、でも今回は高虎をなんとか格好良く読んでもらいたいと思い、工夫した次第です。ただの嫁大好き武将ではないのですよと言いたくて、でも結局は「嫁が好き！」と城の中心で叫ばせてしまいましたが。

後日談は、後半にちょろっと出てきたキャラに語らせました。空良たちのこと、日向埼のことをまったく知らない彼に、外側から空良や日向埼の様子を語らせてみたくて、このような後日談となりました。楽しんでいただけたら幸いです。

今回執筆するにあたり、体調不良などで、たくさんの方々にご心配をお掛けしたうえに、スケジュールの調整などでご迷惑をお掛けしました。それでも最後まで励ましていただき、こうして書き上げることができました。深く感謝し、御礼申し上げます。

今回もイラストを担当してくださったサマミヤアカザ先生。いつも素敵なイラストをありがとうございます。今回も実物を手にするのを楽しみにしています。

担当様にも大変ご迷惑、ご心配をお掛けしました。最後まで見捨てずにお付き合いくださり、心から感謝いたします。

そして本作をお読みくださった読者様にも深く御礼申し上げます。

空良と高虎、それから周りの人たちを温かく見守り、一緒に応援していただいたり、時には怒ってもらったり、ほっこりニヤついてもらえたりしたら嬉しいです。

主人公と彼を囲む人々が将来に希望を持ち、幸せになっていく様を、どうか楽しんでいただけますように。

野原滋

✦初出　そらの祈りは旦那さま……………………書き下ろし
ご伴侶様と澄明な道しるべ……………書き下ろし

野原滋先生、サマミヤアカザ先生へのお便り、本作品に関するご意見、ご感想などは
〒151-0051 東京都渋谷区千駄ヶ谷 4-9-7
幻冬舎コミックス　ルチル文庫「そらの祈りは旦那さま」係まで。

幻冬舎ルチル文庫

そらの祈りは旦那さま

2022年10月20日　第1刷発行

✦著者　野原 滋　のはら しげる

✦発行人　石原正康

✦発行元　株式会社 幻冬舎コミックス
〒151-0051 東京都渋谷区千駄ヶ谷 4-9-7
電話 03(5411)6431［編集］

✦発売元　株式会社 幻冬舎
〒151-0051 東京都渋谷区千駄ヶ谷 4-9-7
電話 03(5411)6222［営業］
振替 00120-8-767643

✦印刷・製本所　中央精版印刷株式会社

✦検印廃止

ISBN978-4-344-85120-7　C0193　Printed in Japan